樂府

·

心里满了，就从口中溢出

猎民生活日记

顾德清／著

北京联合出版公司
Beijing United Publishing Co.,Ltd.

前 言

感谢这方热土，感谢这里的民族
——边疆民族文化工作大有作为

我是1964年从内蒙古艺术学校美术专业毕业分配到鄂伦春自治旗的，先后在旗文化队、文化馆、文物管理事务所、鄂伦春民族博物馆从事文化工作，至今已有三十八年。这三十八年，我在民族文化园地上成长、壮大、结果，回顾起来，我感谢这方土地，感谢这方土地上的民族。

鄂伦春族和敖鲁古雅鄂温克族猎民，世世代代以狩猎为生（敖鲁古雅鄂温克兼养驯鹿），吃兽肉穿兽皮，信仰萨满教，然而他们在严酷的自然环境中用自己的勤劳和智慧创造出的狩猎文化，诸如生产方式、狩猎方式、兽皮和桦皮制作、精神信仰等，都有特殊的意义和艺术研究价值，是我们伟大中华民族的瑰宝。

三十年前，当时二十五岁的我刚到这里，即被鄂伦春民族奇特的文化形式深深吸引，面对猎区鄂伦春族人的生活，我情不自禁地用笔画，用相机拍。可惜后来发生了“文化大革命”，一晃十多年过去了。改革开放以后，当我再到猎区，过去的一切已经发生了变化——猎民村已经没有多少老人了，过去常能看到的鄂伦春族古老住屋“仙仁柱”没有了，树上仓库没有了，鄂伦春族人常穿的狍皮衣、“其哈米”（鞋）也少了，有着古老花纹的桦皮盒不多见了，会跳“萨满”的人也去世了！与十多年前相比，鄂伦春传统文化急剧减少。抢救、整理、保留这部分特殊的历史文化遗产，已是迫在眉睫。

于是，我从1980年开始，冷静地制订了计划，悄悄搞起了鄂伦春民俗调查摄影。我先是在内蒙古鄂伦春自治旗境内，慢慢又扩大到黑龙江省，比如小兴安岭的鄂伦春族聚居地区。这时，我又想到与鄂伦春族有相似狩猎特点和社会发展历史的敖鲁古雅鄂温克族，他们人口不到两百人，在大兴安岭西北坡的密林里饲养驯鹿、打猎，我把活动路线也扩大到了那里。

为了事业，我首先放弃了在城镇生活的世俗观念：提升晋级、人际关系、为了舒适生活盖房造舍……所以有不少人觉得我很“古怪”。

我仅有简单的理光相机、帆布背囊、狍皮被、皮袄套裤，为了方便，我剃成了光头。

一个人深入猎区谈何容易？我是个普通汉族人，不是有专业设备的记者，也不是专家，更不是哪一级下来检查工作的领导，在我深入猎民中间调查访问的过程中，没有人陪同，一切计划的实现全靠自己闯！

冬天真是要“穿林海过雪原”，有时与鄂伦春族人骑马狩猎，要连续在马鞍上骑九个多小时，这九个小时，对于不会骑马的人来说，简直就是受刑！皮肉被马鞍磨破，出血粘在裤子上，脸和手冻得如同刀割。因为要保护身上的相机，又不熟练骑马，只好忍受身体各部位的痛苦，心里想，只要不掉下来就行了。当九个小时过去，从马上下来就再也起不来了……

一次和鄂伦春族人狩猎准备回来的时候，深山里没有车，夜里住在地窨子里，耗子四处横行。白天，我一个人在荒芜的公路上靠篝火取暖，拦过路的汽车，一直等了四天，才有一辆过路车通过，他们根本没想到在这莽莽的树林里会有人在，而我看到久盼的愿望实现了，激动得几乎哭出来！还有一次随猎露营，风吹日晒下脸黑皮肤裂，衣服也被树枝刮成了碎片，要在小镇旅店住宿时，差点被人误认为是逃犯。

四五月的大兴安岭，天气变幻无常。有一次狩猎露营，刮完大风又下小雨，下完小雨又飘雪花，深夜里森林漆黑，哪儿也不能去，最后只好忍受着，被埋在雪下。

夏季在森林里要奔波于雨下的溪流和沼泽，忍受蚊虻叮咬，每天要步行五六十里地，甚至月夜还要蹚过齐腰深的河水。山里没药，得了急性关节炎、发高烧后没有及时治疗，落成终生关节炎。一次离家两个月与家失去联系，当时林区大雨成灾，老婆领着孩子在家不知道我的情况，最后通过求助当地政府来寻找我的下落。还有一次，本是夏季出去穿的夏装，可是在山上住了一个半月，单薄的夏装已不适应大兴安岭秋天的寒冷——当时已经用完了胶卷并打好了行李准备回家，可是突然发现了一件鄂温克族人极有特色的鹿皮衣服，想着若此次不拍，日后就很难再拍到了，又毅然决定不走，硬着头皮苦苦地向一位刚到的记者借了一个胶卷。仅此一个胶卷便让我如获珍宝，拍完鹿皮衣服又跟随狩猎，一住就又是半个月……

我能吃苦获得了猎民兄弟的好评，他们称赞我："包格道中！"（汉人行！）把我当成自己民族的一员，让我跟随他们迁徙、打猎，给我备马鞍，帮我上马，给我做向导，引路千里拍岩画。

在四年的时间里，我拍了狩猎民族的生产生活环境、地貌、服饰、器物装饰、信仰、生活风俗等系列图片两千两百多幅，并记下了大量笔记。

与此同时，我翻阅了与狩猎民族相关的我国北方民族史料，以及民族学、民俗学、哲学、美学、心理学、考古学、游记等资料，这些大大拓宽了我的视野。

1982 年，我拍的鄂伦春民俗照片首次在呼伦贝尔展出。1983 年在北京民族文化宫展出"鄂伦春民族装饰艺术"照片二百四十多幅、实物七十四件；同年，又在内蒙古自治区首府呼伦浩特展出半年。

1984 年，呼伦贝尔的"饲养驯鹿鄂温克民俗图片展"展出照片一百八十幅；同年 9 月，七十四幅照片在北京参加"鄂温克民族民俗及文化艺术展"；这些照片同年又在内蒙古呼和浩特展出。从 1982 年起，我介绍鄂伦春族和饲养驯鹿的鄂温克族民俗生活的文章和图片稿，有五十余篇陆续在国家级刊物《人民画报》、《民族画报》、《民俗》、《人民日报》（海外版）、《中国妇女》（英文版）和上海出版的《实用美术》、云南出版的《民族文化》、内蒙古出版的《内蒙古画报》《内蒙古日报》，以及台湾出版的《汉声》等杂志上发表，并有多幅图片被收录到大型画册《中国少数民族丛刊》《中国民族图案》《中国萨满教》《鄂伦春自治旗志》中，总发图片六百余幅。此外，我还整理发表了十六万字的《猎区记忆》。由此，我渐渐萌发了建立民族博物馆的想法，并通过多渠道向决策部门建议。这时我已经在文物管理所工作了，我一边积极征集文物，一边学习有关博物馆学的知识，等待机会。

终于在 1991 年筹备庆祝鄂伦春自治旗成立四十周年大庆的时候，旗领导采纳了我的建议，决定成立鄂伦春民族博物馆！我被任命为馆长，是建馆主要策划者之一，负责博物馆的总体设计。这是对我多年在鄂伦春民族聚集地区生活经验和知识储备的考验。我规划了鄂伦春民族博物馆的建制、发展方向、文物征集库存量、陈列结构、气氛等等，提供了陈列图片；我深知这次建馆机会的意义和分量，不仅需要自己百分之百的努力，还需要领导的支持，需要团结、调动各方面力量。经过七个多月的共同奋战，我们终于建成了鄂伦春民族博物馆，并推出了“鄂伦春狩猎文化陈列”展。博物馆有文物库房七十多平方米，总藏民族文物八百多件，陈列厅占地四百平方米，展出文物三百多件，分设林海猎民、攫取经济、传统工艺、物质生活、精神文化五个部分。电视资料观摩室，有鄂伦春、鄂温克、赫哲三个民族的资料片。博物馆保护了鄂伦春传统的物质和精神文化，成为了解和研究鄂伦春历史的窗口。

博物馆建成后已接待观众四万人次，其中包括日本、荷兰、法国、中国香港、中国台湾等国家和地区的学者；还接待了中央电视台等各级报刊、电视传播媒体的采访，在社会上引起巨大反响。一位台湾观众看了博物馆，在台北《中华日报》发表文章，以“内蒙古草原民俗珍宝——鄂伦春民族博物馆”为题，开头就说：“真没想到，在车少人稀的阿里河镇会有这么一座颇具规模的民族博物馆……”

博物馆为各族人民相互了解提供了条件，汉族观众赞叹鄂伦春族人民用勤劳和智慧创造出的精美工艺品，在留言簿上写道：“鄂伦春狩猎文化是我们伟大中华民族的瑰宝！”鄂伦春青年一代看了自己民族的狩猎生活，温故而知新，倍觉今天的幸福生活来之不易，更加热爱社会主义制度，热爱共产党！

领导和各族人民对我创建博物馆给予了高度评价，有位民族旗的旗长对我开玩笑说：“你为鄂伦春做了一件大事，看来鄂伦春族人得给你立铜像了！”这虽是玩笑话，但我心里是热乎乎的，我为能给全国五十六个民族之一的鄂伦春族做点工作感到非常光荣。其实，我非常感谢鄂伦春民族，是他们给了我搞这番事业的机会。几年来，很多报刊给我做了专题报道；1983 年，内蒙古自治区还颁给我“全区民族团结先进个人奖”，我想这是社会对我的鼓励，对我人生价值的承认。我热爱这方热土，热爱这里的民族，热爱自己的事业，我将在这片土地上继续为做好民族文化遗产的整理工作而努力，为弘扬优秀民族文化工作贡献自己的力量！

感谢这方热土，感谢这里的民族！

目　录

我从1980年开始，在对内蒙古的鄂伦春族服饰、兽皮、桦树皮器物、图案以及生活风俗的考察摄影有了一些基础以后，就急于想知道黑龙江省的鄂伦春族情况。

访问黑龙江省鄂伦春族聚居地，达到了整体了解鄂伦春族的目的，又丰富了我的考察项目——民族工艺、图案、桦树皮船、树葬……

在黑龙江省鄂伦春族聚居地

1982年6月15日—7月14日

▶ 6月15日

今天从阿里河上车，要沿着黑龙江访问鄂伦春族聚居地。之前和同事小金相约同行，开车前不久，小金才匆忙赶到，险些误了车。我们于加格达奇换乘九点四十的火车去塔河，不久即驶入山中，心情也随着车窗外掠过的青绿风景而爽快起来。和小金到餐车，又遇邻座二人，酒不分家，同时喝起来不知是什么心情，于是便喝多了。

十八站戴头饰的鄂伦春族妇女

午后四点多到塔河，我们稀里糊涂住进站前铁路知青招待所，又借酒兴在附近转一转，发现这地方虽然偏僻，却很干净整洁，然后去运输站打听次日去十八站的车次。后来酒劲越发上来，我感到有点难受，便回去睡觉。

▶ 6月16日

凌晨三点醒来，我头痛得仍很厉害。同室旅客鼾声如雷。四点，室外笼罩着一片宁静的蓝色雾霭，虽是夏季，但寒气逼人。

汽车站旅客众多，拥挤不堪；汽车前，服务员态度蛮横，因为我们无票，险些将小金推下车。无奈，我们只好在车下翘首等待。后经“请示”才答应我们上去。凌晨五点，终于发车了，经过塔河街道时，市区仍在沉睡。约行出三十华里（一华里即一里，为五百米），有边防军上车检查通行证，结果说我们的有误，让我们在这无名之地下车，我们只好眼看着汽车拖着飞尘扬长而去。工作人员开始打扑克了，我们只好沐浴着晨光，环视周围宁静的森林。尽管有鸟儿鸣叫，但出师不利，心情沮丧。顷刻，有一辆运材车去塔河，我们搭车去边防科办理更正手续。

事情并不像我们想的那么顺利。到处是一式边防军制服的大楼里，走廊阴暗潮湿，地板咚咚作响。因为我持的是“有误”的通行证，所以对我们立刻表现出“特殊气氛”，非但不予同情，还扬言有“拘留审查的必要”，经交涉，虽可以不送收容所，但须扣下我的通行证，由小金回去重新办证。

午后我们访问了当地文化馆。晚餐受该馆便宴招待。小金九点乘车回阿里河，我改住县招待所等候。

▶ 6月18日

今天午后四点接站，并直接上汽车去十八站。途中又经边防检查。仍是上次战士验证，他说这回无误，上次也并不是盖章的问题，而塔河边防科说盖章不对，两者说法不一，显然是本来就没什么大问题。这回放行了，我长长地嘘了一口气，倒觉得前方旅程神秘了很多。

晚近七点到十八站，公路在坎的上面，从这里可以俯视下面一排排的屋顶。虽是古老驿站，却很有城镇派头。综合服务部里，二人房间很洁净。稍后，我们到附近家属办食堂吃饭，小镇饭店很兴隆。餐桌上啤酒瓶错落如峰，食堂酒意绵绵。我一眼就看出了其中一位是鄂伦春族，但从他的语言和气质上看，又很像汉族。食毕急欲出去看看。打听山下鄂伦春族人居住区。这时已是夜幕渐临，黝黑的高山角屋脊房窗里透出了神秘的黄光，“木克楞”房子似有俄罗斯特点，房前房后有园田，院落很有生活气息。在一家院子下边，看见一只横立着的大桦皮船，夜色下，房屋、田园好像诗一般静谧。

回旅店刚洗漱完毕，忽听小金在外疾喊：“快出来！”我即跑出去观看所以，只见西北夜空陡然现出一巨大蓝色光体，呈球状，下端有细尾，很像烟斗。很多青年在吵吵刚刚发生的情况，我即脱口而出“不明飞行物”！我取出相机拍照，这时是晚上九点二十五分。对面边防八团司令部大楼也接到下边哨所卡打来的电话，报告发现此景，司令部又立即报告（原）沈阳军区。这是到十八站看到的一大奇景。

▶ 6月19日

我在凌晨三点醒来想拍日出。静静的大道上只有狗在嬉戏追闹，我内心有些恐慌，不久即将进入山顶林间。四周高耸的树林挡住了防火瞭望塔的位置，我的衣服被草上、树上的露水打湿了，却看不到塔在哪里，树林里静得吓人，再走下去，看着塔的位置重新上山。我本来就感到有些头晕，现在登塔更感到恍惚，每登高一层，心情就紧张一分，爬到第三层就再也没有勇气了，往下一看，群山已在脚下，远处薄雾缭绕，整个十八站静睡在山间。不一会儿，红日渐出，我胆战心惊地开始拍照，不过瘾，再爬上两层。大自然的壮观震撼心扉！仅短暂一会儿，太阳升高了，云雾逐渐扩散，把十八站覆盖住。

回到旅店才六点，因裤子又湿又凉，我重新上床休息，顿感温暖幸福。

八点多，我又搬到粮库招待所，那是距山不太远的白色房子。我到公社联系访问，在这里看到很多鄂伦春族干部。杨书记领我们到文化站安排活动。午后由文化站女站长领我们到鄂伦春族集中居住的地区访问。这是要真正接触黑龙江十八站鄂伦春族人的生活了，我觉得既兴奋又有些紧张，相机挂在脖子上，眼睛不停地四面察看，在这里先后拍了有特色的头饰和桦皮篓。此地桦皮制品花纹多样、做工细腻，生活中实用的也很多。装饰以团花居多，纹饰饱满流畅。我还发现两只过去没见过的桦皮盒：一是贴花桦皮小盒，盒上不仅有用“托洛托平”（鄂伦春语：兽骨）轧的图案，

皮毛镶嵌包

而且又覆上了一层漂亮的图案，新颖别致；二是带有简洁装饰的椭圆形小烟盒。头饰、织物、民族服装在本地很有特色。最后，我在魏要杰老人家发现一个漂亮的皮毛镶嵌的背包。这里鄂伦春族手工艺品很丰富，刚到午后，我就拍完近两卷胶卷。

桦树皮罐

► 6月20日

上午约了九点去魏要杰老人家，除了昨天看到的皮毛背包外，老太太又拿出许多珍藏的物件，我在这里顺利地拍了小皮包、烟具。这时又来了几位妇女，我们约定午后拍舞蹈。我去孟平和家，主人正在前园整理菜地，顺便也拍下来，因为房子旁边有一布撮罗子（用木杆搭起的尖顶屋），有些特点。我直接说明来意，主人高兴地从黑棚里取出很多精美的绣工活，有烟具、服饰、精巧的小包，又请她们穿戴上烟具和装饰品，我来拍，然后到屋里拍了她们做活儿的情景。我又去另外一家拍了鄂伦春族妇女背悠车（北方俚语：摇篮）、抱悠车、挂悠车的三种姿势。在十八站，我

桦树皮篓

发现有很多过去没想到的，比如饰带、烟盒、丰富多彩的桦皮盒纹样，最令我感到吃惊的是妇女头饰和桦皮船的普遍性。所谓头饰，是一块黑布，上面缀满无数各色纽扣，反映出了装饰形式的原始性。桦皮船呈纺线梭形，长有六七米，宽仅八九十厘米，顺水行船时在河中间的急水位置下划很快，逆水行船则是在水边浅水地方用两根木棍撑着河底上行。据说夏季用桦皮船是为了便于养马，备冬季使用。

午后正要去拍舞蹈，途中遇卡车拉桦皮船要去呼玛河给我们示范表演。主持者是公社书记，并有其子女和一划船猎民。呼玛河大桥很美，我在这里尽情拍了桦皮船，偶然发现鄂伦春族儿童划船也很有意思，并且色彩生动，及时拍下来。今天第一次拍到桦皮船，它是鄂伦春族有特色的传统工具之一，我很高兴。

▶ 6月21日

本来想拍舞蹈，但气氛不好。去一家姓谭的鄂伦春族人家，其人有五十多岁，长相魁梧粗犷，汉语说得不好。他说爷爷是汉族，他是第三代有汉族血统的鄂伦春族人，仍有一些汉族人特征。其祖母、妈妈、妻子均是鄂伦春族人，他本人也具备鄂伦春族猎手的气质。院子里有一只桦皮船，木屋内有几架大鹿角。我拍了桦皮盒，做皮活儿，最后给他们一家拍了全家福。然后去赵宝昌家，他也有五十多岁，他的父亲和妻子的父亲均是汉人，所以他们的长相也有些像汉人，

桦树皮盒

但从厨房里装盐的桦皮盒和锅里煮的手扒肉等方面看，他们仍有鄂伦春族人的生活特点。据说他父亲早年是从内地来淘金的，早逝。他们自幼随母亲在鄂伦春族人中间长大，所以，保留了鄂伦春族人的习惯，他们给我讲了鄂伦春族习俗。

所谓佩戴，一般是指整套的烟具，可装烟袋、烟末、打火石。用布做，彩线绣制，花纹鲜艳复杂。头饰叫“德力不黑”，是妇女在喜庆之日佩戴用物，几乎每个姑娘都有。赵宝昌的妻子给我描述了过去鄂伦春族妇女戴帽子的样子。她说，年轻妇女喜欢在帽顶上装彩色条子，有的竟长至腰际。而且还听她说，谭爷爷是十八站开第一家益民商店的人，做买卖的。

今天早晨听说，昨天晚上七点多钟，一个喝醉酒的鄂伦春族青年被枪打死了，出事地点离我们也就百十来米，白天我还为他照过相，没想到这么快他就成了故人。下午拍了魏要杰和一位老人跳舞的姿势，但没什么特色。

水塘边的鄂伦春族人家

▶ 6月24日

天气晴朗，我们早晨搭乘“铁牛”55拖拉机去奋斗生产队，过了吊桥只有几户鄂伦春族人家。这里民族文物不多，拍了做桦皮船的现场，并且发现几户鄂伦春族人家的住房正在水池旁，池塘里漂泊着桦皮船，非常有鄂伦春族情调，即兴拍了几张。又拍了猎民村、儿童像。中午一户鄂伦春族人家热情地给我们准备了午饭，配有鹅蛋、大葱。晚上给公社写信告别。

▶ 6月25日

今天我们想向前走，正等客车，忽然遇到昨天拉我们的拖拉机去嘎达干（创业），我们又坐上他的拖拉机。一路阳光充足，路旁有铁道兵的帐篷和车辆闪过，他们在修十八站—韩家园子铁路。

“创业”生产队隐藏在公路下的树林里，很美，在阳光下显得很宁静。鄂伦春族妇女孟贵花领着我们到各家拜访。我拍了两个背包、一种皮衣服开襟、一种小孩头饰，还有一个“阿纹”（帽子），我觉得“阿纹”拍得很理想。然后，我们又在一家赶上几个人坐在地上围着一张桌，桌上只有一个空碗和空瓶子，我以为这时候拍舞蹈可能合适，但是虽然大家都弯着腰，又都手拉手，可动作麻木僵化，并没有什么鄂伦春族舞蹈特点，这是继十八站拍舞蹈后，效果又不太理想的一个。

听说这附近有“树葬”，我们想去看看。我坐在鄂伦春族人魏强开的拖拉机上，小金与几个少年骑马。走出十多里地，我们看到一具棺木，一头搭在树上，另一头已经落地，从腐朽的破棺木缝中看到里面露着红色的什么陪葬物和尸骨，一条红线从棺材下引进林子里，苍蝇在阳光下胡乱飞舞，可惜连照片也没拍我们就走开了。第二个风葬地点稍微开阔些，还没走近就能看到树上横放着一具棺木。走近一看，棺材头已经开了，露着里面白色的骨头，我抓紧拍了些照片。

在嘎达干是顺路停留，我却拍到了别处没有的镜头。魏双魁家（拖拉机手魏强的父亲）热情地准备了午饭，然后又让儿子送我们到公路上搭车。我们等了好半天才搭上军队的卡车，中间又转车到白银纳。

迎着疾风，沿着翠绿的林荫，我们好像驶近了边境。

► 6月26日

上午八时许，我们去白银纳公社联系拜访。介绍信给公社副主任鄂伦春族人孟玉，他说，白银纳猎民原在兴华、东方红、韩家园子、沃勒河等地居住，有二百多人。

民族事务指导员——鄂伦春族人孟树清、关中清领我们去各家拜访。这里有比较丰富的民族文物，包括马具、手套、桦皮盒、烟荷包，还有夏天穿的“奥老气”鞋。其中最有特

在十八站看到的“树葬”

色的是“窟地”（口袋），都是由各色皮毛镶嵌而成的，纹饰复杂，做工精细，而且数量很多。傍晚，我们又在关金芳家发现烟包、背包。

晚上大雨滂沱，我们在旅店吃点干粮，喝不着水。这个大旅社空荡荡的，住宿的只有三四个人。中午全部工作人员都回去休息，我们只好撬门而入。四周弥漫着马粪味，完全是大车店的样子，陈旧，又多少还有些恐怖感。夜里好几只老鼠咔嚓咔嚓嗑个不停，咬架、打闹，我辗转反侧，半睡半醒，早晨八点多才起床。

戴“阿纹”（帽子）的鄂伦春族妇女

▶ 6月27日

今天，关金芳领我们到各家拜访。从上午开始一直到午后，可拍的东西很丰富。我拍到的八十岁老太太穿“寿衣”的照片最为珍贵，供销社孟宝山的彩绘桦皮盒也相当精彩。

晚上，我们拜访葛布多，他当年被日本人利用做侦察苏联的特务，解放后又被苏联监狱关押十年，因此他的日语、俄语都很好。他说，鄂伦春族人在山上生活很讲究礼节，外出八天回来就得向长辈施礼、磕头，平辈打千，然后带着酒到乌力楞[①]各撮罗子串门，如果见的仍是长辈，还要施礼，对方坐下才得入座。平辈打千，是左腿向前，右腿向后，两腿同时弯曲；磕头是左腿向前，右腿向后伸，深低头，向下弯腰。

过去，鄂伦春族人死后并不马上举行葬礼，而是在冬季某个时候才举行。这是由于当时鄂伦春族人过着游猎生活，散居在相距几十里甚至百里的深山里。死亡时间如果不是在冬季，就把遗体先用树条捆包好，选择一个背风向阳的坡地，暂放在一个木架上令其风化，等到冬天要安葬出殡时，再把尸骨拣到一起，放到一段用从中劈开挖空的樟松做的棺材里，准备安葬。这时，死者家属早已通知远亲近朋，告知葬礼日期，并准备足够的酒肉。届时，远近各路亲朋按时骑马到达，并带来为祭奠死者备下的布、纸、酒钱等祭品。

葬礼一般在晚上进行。棺材前会燃起一长条篝火，两侧

---

① 即家庭公社，由同一父系血缘的多个小庭组成。

铺以干草，以备前来吊唁的亲朋围坐。仪式开始后，客人献上自己带来的东西，分坐篝火两侧，死者儿子或儿媳依次跪着向来者敬酒，然后再按与死者关系的远近，依次敬酒，这样敬过几遍之后就可以随便吃喝了。

天快亮时，安葬开始，由死者的近亲抬棺材放到事先选好的树丫上，死者生前骑的马，要现场杀掉扒皮，马头和马皮放在棺木前方，马肉放在棺下，然后众人再喝酒。如果死者是老人，则大家要围着篝火跳舞，表示对死者灵魂的送别。太阳快出来时，人们骑马离开，葬礼方告结束。

葬礼也有因酒多少而决定时间长短的。酒少，众人办完事就离开。另外，如果来得及，也有把死者放到棺材里直接安葬的（吊唁时礼品都要挂上，并记账宣读）。尸身在棺材里，头在西，脚在东。棺材叫“巴克沙”。

死者若是女人，娘家人头两天来做棺材。死者是男人就做弓箭，死者是女人就做扎枪，弓箭要在盖棺之前射出去，在天黑之前要把遗体装进“巴克沙”。

► 6月28日

听说有三个鄂伦春族人在呼玛打鱼打猎，生产队出大车把我和关中清送到河边。我们顺流向下找，又碰到放马的鄂伦春族人孟玉新，他的腿有些跛，骑着马帮我们找。不久，他就从下游划桦皮船回来，说有姓葛的夫妻俩住在河边打鱼，我们即随船而下。这对夫妻住在河滩上，只有一个旧饭盒、一个旧黑锅、一包盐、烟叶、破旧的棉被，河边有桦皮船、渔网，也没什么丰盛的鱼和猎物。女的裤脚捋在膝盖下面，一副打鱼的样子。她说男的昨天喝醉了。他们生活得虽然简单清苦，但好像又非常自在。我们一到就给我们准备吃的，夫妻俩不声不响地划船出去打鱼，但什么也没有打到。我决定让关中清骑马回去找一块挡撮罗子的白布，再买些酒、罐头、馒头带来，傍晚在这儿拍篝火。午后，关中清轰轰隆隆地开着“铁牛”回到对岸，带来了需要的东西，还找来一条犴（驼鹿）肉，我们立刻用布围住撮罗子。正当我们高兴地准备晚餐时，呼玛河下游又有两个人划着桦皮船逆流而上（这就是我们原来打算找的猎手）。真是天赐良机！我立刻准备好相机，并初步有了拍照的构想。船靠近了一点，能看清上面有一只被分解的犴。时值黄昏，呼玛河水哗啦哗啦泻向东方，

呼玛河鄂伦春族人夏季使用桦树皮船运载猎物

河边的树木郁郁葱葱，影子也投到水里，人们在撮罗子里烤火、喝酒、吃肉——这正是我要拍的场面！

► 6月29日

今天要取道呼玛，然后去黑河。本来预计客车上午九点到，结果一直等到晚上九点才来，车厢里闷热又拥挤，我们开始站着，最后干脆坐在过道上。车窗外掠过一团团的树影。凌晨一点到达呼玛，我们已是疲惫不堪，住在国营旅店休息。

► 6月30日

夜晚睡得非常香，清晨醒来，我急不可待地想看看边陲古城和黑龙江，却发现呼玛城零乱，黄土飞扬。上了岸堤见黑龙江，对岸苏联境内林木低矮，只有瞭望铁塔两个，看样子可能是冬夏不同季节时使用。江边静悄悄的，仅有两只舰艇，隐约可见苏联士兵在船上活动，也能看到苏联士兵顺扶梯走上瞭望塔的身影。在这里，我体会到身临国界线的特殊心理。

傍晚，我登上码头的货船，船上工作人员几乎都在喝酒。回来时路过边防瞭望塔，和小战士闲聊，他希望能早些转业回家。

► 7月1日

本来我们想乘船去黑河，但因初夏水浅不能通航，只能坐汽车前往。今天小金打电话给客运站，正好有明天的两张退票卖给我们。午后两点多再去江岸，始见我方瞭望塔上挂有边界“会晤”的红旗，我们高兴地跑过去想一睹边界会晤情景。只见我方巡逻艇靠在岸边，经打听知道，上午苏方已来我国“会晤”完毕，巡逻艇刚从苏方领回被其没收的渔网归来。顷刻，我边防人员向瞭望塔喊话，让取下“会晤”旗。错过机会，心里实感遗憾！

► 7月2日

早晨不到五点，我和小金起来去江边，大江平如镜。我方军艇泊在岸边，远处广袤的水面上有几只舢板，更显得幽静。岸边一些人在跑步健身。

六点多发车，过道落满了木方子，旅客高坐其上。汽车沿公路行驶，时而进山，时而靠近江边，偶尔行至山顶。黑龙江江面辽阔，气魄雄劲！江对面不时出现苏联村庄和阴森森的瞭望铁塔。

当汽车驶抵黑河市山顶时，首先看到的是苏联城市布拉戈维申斯克（海兰泡），市内多是白色建筑，楼房林立，塔式起重机好像在建设大型热电厂。郊区山坡上一座座别墅似的木房，江边停放着很多舰艇，一派异国风光。

吃过饭即去江边，借望远镜观看对岸，苏联居民衣着色彩丰富，妇女多是穿着鲜艳的连衣裙。时近傍晚，很多人在散步，江边有公园游戏转塔和城市雕塑。向西看，江面上广阔的天空更是无限深远，日落后，一抹淡红色的余晖把浅灰色的水天装点得非常漂亮。

晚上，黑河日报社记者朱东力陪我们去苏连科家。

▶ 7月3日

今天邮寄给中国图片社冲洗十个彩色卷，这是前四个点的拜访成果。晚上，我们到边防局看电视，苏联节目非常清楚。

▶ 7月4日

早晨快八点，我们去瑷珲县委，宣传部部长联系县文化馆白馆长陪同我们去新生公社。我们八点多乘吉普车出发，行驶两个多小时到达，这是黑河地区爱辉县[②]管辖的鄂伦春公社，今天到这里的还有县人口普查和检查组的下乡干部。我们本希望立刻下去看看，但公社书记、主任和陪我们来的白馆长非要安排先吃饭，我们又不好意思擅自行动，无奈，只好在办公室里闲聊。

新生公社鄂伦春原是在刺尔滨河流域，现在有一百六十多人。有马鹿一百三十四只，还养了一些梅花鹿。古里生产队的鄂伦春族人原在哈尔通、刺尔滨生活，1947年迁徙到古里，所以这里的人大多知道古里的鄂伦春。

中午开饭，陪同我们的刘书记，他妻子是鄂伦春族人，

---

② 1956年，因“瑷珲”二字生僻难认，改为爱辉县。

他本人性格也直率，酒量为众人之首。至午后三点才放我们出去走走。由于时间短，又是云山雾罩，就匆匆走了几家，拍了姓车的老人，其实他并不是鄂伦春族人，但长期住在这里已经成了“鄂伦春通”。然后，我们又去鹿场，看看俱乐部。这个地方鄂伦春族的生活比较富。我在这里只拍了七八幅照片。

我们晚上七点回到黑河，天气极热，我们住在二所，安排好之后出去吃饭。突然狂风暴雨大作，霎时天昏地暗，我们躲在银行大楼雨搭下，衣服都被淋湿了，风大得仿佛要把我们从地上刮走。转眼间，铁皮被吹翻，树被刮断。雨过，我们进小店吃饭，这时全市已经停电，室内闷热昏暗，外面经过这场风雨洗劫，很多牌匾、幌子落地，有卖冰棍的人在地上找钱。

► 7月5日

今天阳光充沛。上午，我在黑河文物管理站拍一件狍皮衣和一个绣图案的背包。由于没有注意，我的裤子开线了，接待的又是一位女同志，所以我巧妙地避开了。中午苏连科、孟宪钧准备了便宴，热情为我们送行。一点半发车，我们经过一个多小时就到了爱辉公社。这是真正的瑷珲古城，我们去看了瑷珲纪念馆，据说1858年中俄《瑷珲条约》就是在这儿签订的。外面正在装修魁星楼，此楼是历史古迹，原楼已被俄军烧毁。天很热，我们饭前到江边洗澡，去银行看电视，人们听说我们是内蒙古来的，都非常热情。

▶ 7月6日

今天，我们乘船去逊克。上午十点多来船，我在岸上急忙拍了黑龙江。上船前又征求警察同意，在船旁正式拍了照片。我们坐三等卧铺舱，一室六人，铺上非常热，所以一路五小时我一直在舱外饱览黑龙江的风景。中途有两艘苏联舰艇从我们船旁驶过，因为很近，看得清舰艇上带着很多东西，估计是长途航行，驶向下游的哈巴罗夫斯克（伯力）基地。黑龙江江水波光粼粼，阳光下水兵光膀子穿短裤、黄头发红皮肤，他们也在好奇地看我们，但双方都保持沉默。

过了中午，一条苏联大型客船从我们后面破浪而来，从速度看，好像气垫船。转眼之间，客船风一样地从我们面前驶过。船上穿着鲜艳服装的旅客不停地向我们摆手，我们也情不自禁地挥起手来。中间路过几个苏联村子，航道又在苏联一侧，江边干活儿的苏联人向我们挥手，儿童尤其欢跃。也有的人举起手又很快放下，这可能是因为两国意识形态的距离，害怕当局吧。

午后三点多，我们到达逊克县，在县招待所办完住宿就去县宣传部，联系去鄂伦春族聚居地，对方答应明天派车送我们去新鄂公社。晚上，我们到江边观看，江面上，落日的余晖金红，洗澡的人也五颜六色。

▶ 7月7日

昨晚，我们在逊克县招待所睡得很舒服，有沙发床，可能是因为宣传部给打了招呼，所以安排了比较好的房间。早晨果然有吉普车送我们去新鄂公社，司机很年轻，车内装饰讲究，一路放着录音机，音乐不绝于耳。

新鄂公社的鄂伦春族人是由逊别拉河来的，1979年统计有六十多户三百多人。现在每户给发一台电视机，但传统的民族东西不太多，即使有一些，如桦皮盒、狍皮衣、手套之类的，也都是生活中辅助性的东西。平时基本和汉族一样。特别是黑河地区的鄂伦春族，很多生活习惯已经很像汉族农民了。晚上，一青年喝醉了酒，在走廊里闹酒疯。

▶ 7月8日

昨天下午和今天上午拍了一些东西：在树下做桦皮工艺品的人、住宅、手套（绣一朵小花）、背包（霍兰）、老年妇女、民族服装、猎马，还拜访了魏金祥。

他家养了七八条狗，而且都威风凛凛，每条狗都有专门用处，有的撵黑瞎子，有的撵狍子，有的撵狐狸；这么多的猎狗，又都各有分工，这是我过去没见过的。我在他家拍了使用中的桦皮盒。中午特别热，我拍了有马的住宅，晚上又到公社侯主任家做客。他本人是上海知识青年下乡到这里来的，妻子是鄂伦春族人孟淑珍，在公社文化站工作。她讲民间故事、唱民歌、拉手风琴都很擅长，家里有一套音响设备。

晚上下大雨。

▶ 7月9日

早晨天亮得特别早，蚊子嗡嗡叫，又咬得不得了，外面时而下雨。中午，我乘县民委派来的车回去，一出村，路就不好走。随车遇见一位父亲是日本人、母亲是鄂伦春族人的女青年，到奇克后，我们拜访了她的家。她父亲的日本名是严简典夫，中国名是莫宝清，是当年随日本开拓团到中国的少年，日本战败被俘到苏联，送回后被收为八路军。在一次运输粮食时，遇到尚未下山的鄂伦春族武装，被俘上山，后来娶了鄂伦春族女子为妻。直到下山定居前，长期与鄂伦春族人生活在一起。中日建交后经联系，日本家庭才知道他还活着，他于 1974 年回日本探亲。后为繁荣逊克经济做了些贡献，现任雕刻厂厂长、县政协副主席。他的经历很生动，完全可以做一组报道，但现在看时间来不及了。

▶ 7月10日

上午，我到照相馆要黑纸包装拍完的黑白卷。下小雨，奇克镇上的街道很宁静，午后三点上船去库尔滨访问新兴公社，这一程要走三个多小时。船上见到好几位中俄混血儿，他们很少与人接触，一举一动都不大自然。船在开阔的江面上破浪前行，船侧翻滚着浪花。阴沉沉的天空渐渐下起雨来，衣服已有些潮湿，迎着江风感到阵阵寒意。江面上不时遇到苏联船只，其中一行四艘，有的船上铁架奇形怪状，可能是一队工程船。在另一艘宿营船上，像是有工程师或专家学者，这些形象不禁令我想起苏联的上流社会人物。

晚上八点，船到达库尔滨，这是黄土码头岗，高高的土岗上等待着汽车、拖拉机，人们闲散地张望客船靠岸。我们跟着两位从奇克开会回新星公社的干部，爬上一辆卡车。这时天已渐黑，空中淅淅沥沥下起雨来，车身不断地左右打滑摇摆。到新星公社的时候天已完全黑下来。在公社安排下，我们又背上包，走到泥泞的路上向住宿的人家走去。

► 7月11日

昨夜胡乱地睡着了，并不是那么舒服。农舍有一种奇怪的味道。一宿风雨交加，清晨，我们被鸡啼和嗡嗡叫的蚊子吵醒。

新星公社的鄂伦春族人不到两百人。这里多是土房子，周围种了很多树，和汉族农村没有什么区别。文化站的同志领我们去几家看看，没什么有特色的民族东西，在这里只拍了一个桦皮盒盖、一个头像。民族文物寥寥无几，又刮大风，心情很乱。

► 7月12日

我们本想早晨坐拉砖的拖拉机去库尔滨码头，因路不好走，只好等下午去。我在文化站借了几本杂志，又回到农舍休息，外面仍在刮风，很是无聊。午后一点多，道路才有些干，我和小金坐在拖拉机车斗里，噪声不绝于耳。我们找到招待所，在值班室床上有一个老头儿面朝里躺着，怎么喊也不吱声，最后我说我们是来“采访”的，老头儿才有些醒悟，叫我们“到2号休息”。我们放下东西就去黑龙江边洗衣服，风很大，黑龙江水呈紫色。午后，我们在一家小土屋“青年饭店”吃鱼，鱼个头不大，味道却很鲜美。

晚上七点半，远处江湾上，随着轰轰隆隆的马达声驶来一艘白色客轮(“龙客17号”)，我抓紧在岸上拍了照片。这完全是借酒兴，因为边境不准照相。船上卧铺已售完，我们只好坐五等舱。船开了，继而破浪前进，两岸在暮色中退向后面。天渐渐黑了，水上的灯标鬼火似的由远飘近、由近渐远，船后面浪花翻滚。不一会儿，前方出现一艘苏联船，还在远处就闪动电弧光，我们的客船也如此闪光，这是双方为了安全发出联络信号。夜更深了，五等舱的灯光昏暗，有的旅客开始打起瞌睡来。很幸运，在夜风愈来愈大、睡意更浓的时候，得到一个能睡觉的位置，听着均匀的机器声响，想到是在漆黑的夜、滔滔的江水上，又是在国境旅行，我心里有一种异样的感觉。船舱里虽然十分闷热，但不久我就睡着了。

我醒来时才凌晨三点，外面已经有些发蓝。机器仍在轰鸣，我舍不得让这一切就这么淡淡地过去，又走到甲板上。不久，天边开始发黄，江水、浪花仍以原来的速度向后面掠去。一艘苏联大货船“伯力号”从前面缓缓而来，庞大的船体愈来愈近，机器声震耳欲聋，对方船上的工作人员都出来，用奇怪的眼神看着我们，机器房上还有一人“用望远镜观察着我们”……又过了一会儿，太阳像一团火球从对岸缓缓而升，江水被映得通红，我急忙用相机拍下来……大约清晨五点，船到达嘉荫码头。

▶ 7月13日

我们住嘉荫青年招待所，两人一室，弹簧床、沙发很舒服。午后，我们买好去汤旺河的汽车票，晚上看了电影《奸细》，下大雨。

▶ 7月14日

昨晚风雨大作，担心交通受阻，早晨天一晴，我们就登上汽车。据说这里是典型的小兴安岭林区，公路两侧古木参天，红松、白皮松劲直挺拔。可惜过了这一段就是一般平常景致了，这也是因为乱伐木造成的树林稀少。快进汤旺河，又经历了通行证检查，检查员对我们尤其问得仔细，从哪儿来，到哪儿去，很啰唆。中午近十一点，到汤旺河，买好过栈住宿，吃饭后去车站。这是我们离开火车线一个月后重新和铁路见面。车站正在粉刷墙壁，有些冷冷清清，也看不到票价表和列车时刻表。算旅费有些“吃紧”。睡觉，午后暴雨。

我对鄂伦春族狩猎生活的体验，最初是在1981年4月随同托河鄂伦春族人在西尼气山里获得的，当时拍了很多照片。

本次“乌苏门”随猎记，是我跟随鄂伦春族乌鲁布铁人一起狩猎，拍了他们出猎、猎获、狩猎营地生活、猎归……狩猎结束的过程。这一次，我们在离公路不远的“大木营”苦苦等了九天，偶遇一辆过路的汽车才得以归来。

乌苏门随猎记

1982年11月16日—12月6日

▶ 11 月 16 日

上午九点十五分，我终于和四个猎手坐上了汽车，由甘奎公社出发，去山里打猎了。天空灰蒙蒙的飘着稀零的雪花。猎手们穿着灰旧的狍子皮衣服，猎枪在他们身旁的行李上随车颠簸。我们都扎紧了帽子，背对前方，让席卷扑来的气流和雪花打在背上。

我们得行驶二百多公里，先经过大杨树镇，然后拐向西南朝温库图方向行进，在大约八十一公里处下车，那里就是这次打猎的“大本营”。据说，现在那里已有三个人：一个鄂伦春族老头儿打猎，一个朝鲜族人打鱼，一个山东青年放马。他们都是这次猎队的成员。

十点多，我们翻过一个山顶，到了大杨树镇，立刻感受到尘土飞扬，行人也多了起来。我趁车去加油的时候，匆匆买了辣椒、酒、火柴、鞋垫和糖块。猎手也买了零用的东西和酒。十一点多，我们再次回到车上，重新整理一下东西，就开始了更远的旅程。

天晴了。汽车吼叫着驶进了山里的大道。四周山峦起伏，白雪皑皑，偶尔能看到低矮的土房和荒芜的农田。强大的气流使我们不能睁大眼睛，也听不清对方说话。我们开始接受寒冷的考验。不一会儿，猎手拿出酒瓶，我们轮流喝了起来。颠簸之中，猎手使劲地把空瓶子扔到了车外……

昏昏沉沉的五个小时过去了，周围尽是绵绵不断的雪山和树林。这时，圆圆的太阳发着耀眼的光芒压向林边，汽车终于减慢速度驶下了公路，慢慢地向树林里驶去。

车停了，我们好像突然从麻木中苏醒过来，立刻感到进入了森林的怀抱中。

太阳落山了。雪地上罩了一层静谧的玫瑰色。我们跳下了汽车，开始舒展冻僵的身体。这时远处传来了狗叫，那就是我们的"大本营"。

我们顺着蜿蜒的小路朝狗叫声走去。狗更是吼个不停，我不知道这是警觉还是欢迎，胆怯地尾随在最后。这时，突然看到前面雪地上笼着一堆篝火，旁边坐着一位鄂伦春族老人，火光把他和四周的树照得通亮。火上的"吊锅子"里冒着白气，随风飘散来一股肉香。狗可能是认出了来人，不叫了，摇着尾巴嗅着每个人。森林里一下子热闹起来。那些猎手们给老人施了个鄂伦春族的"屈膝礼"（达斡尔族也是这样）。这时又过来两个穿汉族衣服的人，我想可能就是那个朝鲜族人和山东人吧？他们脸色黑红，头发也很长，露着腼腆的笑容。

同车回来的猎手向他俩介绍，说我是旗里来的记者（我知道他们管照相的都叫"记者"，所以也无须解释）。但是，他们没有什么热情的反应，好像是"尽管随便就是了"。我知道山里人淳朴、热情，很少用言语来表达。他俩稍说一会儿话就开始忙着弄吃的去了。不久，落日的天空由玫瑰红变成了暗绿色，夜幕垂临了。我们（还有司机）共同围着篝火吃饭。我早已饥肠辘辘，见是可口的野猪肉，立刻情绪振奋起来。大家把酒倒在一个缸子里轮流传着喝。篝火窜动着，发着幽幽的光芒，眼前，冒气的肉盆、握刀撕肉的健手，以及那黑暗中闪光的刀刃和黑红的面孔，使我感到已是置身在一个特殊的生活环境之中，兴奋之下喝了不少酒。

天很晚了，篝火外一片漆黑。我们在林子里摸索着到汽车那儿取行李，拿到离篝火有二十米远的地窨子里。这是一个在临河土崖子上挖的不大的土穴，里面灯光昏暗，隐约可见土壁和下面土炕上的干草，地下墙角的小铁炉子烧得噼啪直响，小屋很暖和。平时那个朝鲜族人和山东人就住在这里。现在突然增加了这么多人（今晚同车来的人中只有一人住在外面），小炕挤得不得了。我铺上带来的鸭绒被和狍皮被，几乎是直挺挺地躺在里面，开始怎么也睡不着，想着外面空旷冰寒的森林，心里感到特别满足。

▶　11 月 17 日

外面刚有些灰白，我就摸索着起来穿衣服，想出去拍“林中露宿”。小炕上的人几乎是头挨着头，有的还在打呼噜。

我辨认了一下方向，朝林子里走去。不远处传来了狗叫，又看到两个人围着篝火正向我这里张望。老人对狗喊了几句，又抛过去根木棍子，狗快快地躲到别处。

他俩刚起来不久，地上还堆着皮袄，脸色似乎有些疲倦，帽子上沾着草屑。老人随便地从地上拿起一个碗，涮了一下，给我倒了一碗水。我环顾一下四周，火堆旁有昨晚用过的饭盒、缸子和碗，里面的水冻成了冰坨，上面落满了木灰。点过篝火的树枝上已结满晶莹的冰霜，身旁的树上滴哩嘟噜地挂着猎枪、子弹袋、灰鼠皮、黄鼠狼皮等，地上还有一大堆野兽肉。我立刻被这强烈的森林生活气息感染了，想拍！无奈光线不好，只好先观察，以后再拍照。我随便地和他们唠起来。

老人告诉我他姓关，是二十天前由外甥骑摩托车送来的，那堆肉是他俩打的，有十二只狍子、四只野猪；他今年六十四岁了，原籍黑河，年轻时就在甘河一带打猎。我发现老人见识很广，汉语说得又好。我问他为什么不进地窨子里住，他说里面“味”不好，住长了，再到外面就怕冷了。这时，我看清了他：长毛帽子下面一对细小和善的眼睛，脖子上缠着一条灰毛巾，手掌粗大，关节隆起——一位典型的淳朴、善良的鄂伦春族老猎手形象。从此我就叫他关大爷。我又问他：夜这么长，为啥还要起来这么早？他说：“躺着也睡不着，就起来烤火呗！”我想可能是太冷，如果是在炕头上也许还能睡一会儿。正这么想着，见他从灰里扒出一个狍子脑袋，上面沾满了木灰，他用木棍敲了几下，用嘴吹了吹，露出下面焦黄的肉质，上面冒着热气，看样子一定很好吃。

他神秘地对我说：“狍子脑袋最好吃，一个地方一个味！”接着他用猎刀一个地方割一块递给我，还认真地看着我吃完的反应，问我：“好其(吃)不？”我连忙说：“好其(吃)！”但我并没吃出来“一个地方一个味”，倒是都有那么一股说不出来的“脑袋味”，我可能是不会吃。后来突然想到，鄂伦春族人往往把狍子脑袋送给老年人或最尊敬的人吃，那么关大爷是否也是在招待我呢？我知道鄂伦春族人不善表达，只有用心去体会他的意思了。

白天，我们开始准备明天出猎用的东西了。我们把粮食、豆饼装在袋子里。迫山不知从哪里抱来一套鞍具，扔在雪地上，说是给我用。今天阳光灿烂，天空湛蓝，白雪反射着耀眼的光芒，森林里的空气也特别新鲜。

夜幕悄悄地降临了，篝火燃得很旺，晚餐开始。我不顾林中的寒冷拍篝火、拍露餐、拍喝酒，从相机的取景器里看到猎手们被火光照红的面孔、浓密的树枝、淡黄的白雪还有背后神秘的黑暗，多么独具特色的生活啊！我突然想到，今天晚上就应该睡在这里！

人们散去后，我从地窖子里搬来了自己的被子。先拍了他俩露宿的样子，然后把鸭绒被铺在雪地上，上面是狍皮被，用鞋做枕头，稀里糊涂地钻了进去。把头露在外面，但不一会儿就冻得把头缩到被子里，上面还盖了个大皮袄。因为刚才喝了酒，很快就睡着了。不知什么时候肚子开始疼，把我疼醒了。可这种时候起来是最糟糕不过的了！篝火熄灭了，森林里一片漆黑，严寒刺骨，但是闹肚子逼得我又不得不起来！回到被子里后，我浑身发抖，同时又感到鸭绒被又硬又凉无法入睡，只好一边盼望天亮，一边后悔没带止泻药来！

露营地之晨

▶ 11月18日

准备出发了，打行李发现昨晚睡在身下的雪被体温融化了一层，冻在鸭绒被子上，难怪又硬又凉。后来知道鄂伦春族人在草地上露宿，都要先铺些草或树枝，然后再铺其他的东西。昨天没准备，结果吃了苦头！

出猎的马都被抓回来，一匹一匹地拴在树上。猎手们忙着给马备鞍子。我也搬来迫山昨天给我的鞍具，他指着一匹灰马说："你骑这个，最老实！"我看着那匹灰马平静地站在那里，长长的鬃毛盖在脖子上，便小心地走过去摸摸它的鬃毛，才发现它是坏了一只眼睛的瞎马。我想，它眼睛不好，肯定老实了。我心里很高兴，又摸了它几下，表示从此我就是它的主人了。我回头看去，雪地上放着要驮的皮袄、粮食、豆饼和装锅盆的皮口袋。望着这迁徙的场面，我赶紧拿起胸前的相机拍了下来。

塔拉梅很快帮我备好鞍子。他对我的行李犯了难：一个大帆布包，方不方、圆不圆，不好往马上放。最后还是几个猎手一齐下手，重新打紧了行李，把它拴在马背上了。我自己穿上皮袄，前面挂相机，后面背背包，一副"前呼后拥"的架势。

猎手们全副武装地骑在马上，很有生气也很有气魄。我端起相机跑到前面，让他们慢慢走过来，拍了"出猎"。

正式出发了。朝鲜族人帮我牵马，我把胸前的相机推到脖子后面，由于身上背着相机和背包，再加上皮袄很厚，上

露营地之寝

马很困难，猎手们看着直发笑。我想，这时的我，动作笨拙得一定很滑稽。

我们这支队伍一共六个人、七匹马，还有两条狗，除了我是蓝色的汉人衣着，其余人都穿着狍皮衣，荷枪实弹。前面的猎手不时地回过头来看我，大概是看我行不行？每当这时，我总是摆出“最佳姿态”任他“检阅”，实际上我不会骑马，只能两手使劲地抓住马鞍子。

穿过河套的冰面，我们又钻进了树林。这是在山脚下的阴面，林子里很暗，都是粗大的弯曲的树木，树干像被火烧过一样的黑，浓密的枝丫常常刮在脸上，使我感到更紧张。走过这片林子，前面突然扑来耀眼的阳光，望到远处一片紫红的灌木，我的心情顿时舒畅起来。

拐过山头，又渐渐地出现了黄草地，视野更广阔了，草

去乌苏门途中 1

去乌苏门途中 2

地上覆盖着大块的白雪，后面是桦树林，再往后是蓝色的远山，山上也覆盖着大片的积雪。这时猎队和我们拉开了距离，我身旁只有北仓（他可能是特意慢下来陪伴我），而我也发现自己骑马有了点进步。

在我们的右侧出现了一座青灰色的高山，宛如一个巨大的屏障从天而降，上面一百多米高的地方有一块突兀嶙峋的岩石，再上面是小白桦树群，站在山底下，人显得很渺小。北仓说这地方经常有鹿。我望着这座大山，似乎看到岩石上站着一群美丽的雄鹿。

我们已经彻底被落在后面了，索性就慢慢地走，看着周围的风光，又进入一片桦树林，里面的白雪、白桦形成了一个如梦如幻的世界。要是猎队走在这样的环境里，拍照的效果一定更理想。

午后两点多，我们在一片树林边停下来，这里草多，雪也厚，在暖暖的阳光下显得特别明亮。这一程，我们走了九十多华里。我的腿痛得要命，膝盖本来就有些不舒服，现在似乎更严重了。猎手们不住地看向我，迫山嘴里叼着一支烟笑眯眯地对我说："包格道，中！"可能他对我这一程的表现还算满意。这时我看到前面的荒草里有一座半倒塌的破泥屋，他们说这个地方是过去的消防站，叫"乌苏门"。

我们在雪地上建营地。用树的枝干围成三面半腰高的"门"字形栏杆，剩下的一面是出入口，每面正好睡俩人，我和北仓在一面，头顶着头。他把蚊帐布、雨衣挂在栏杆上挡着从侧面吹来的风，别人也都挂上了毯子或布，形成了三面布围墙。中间点篝火，既可取暖又可烧饭。

我们割了一些草铺在雪上，这次我自己铺得很厚，又把马垫子铺在草上，睡觉前我把狍皮被子下面扎紧，成了个筒状，外面裹上鸭绒被，迫山还给我扔来一床毯子，钻进被子里简直就像进了"天堂"。篝火烤得很暖，夜空幽蓝，繁星点点。听着猎手们说话就好像听催眠曲，不知什么时候我睡着了。

► 11月19日

昨夜开始还担心肚子会再找麻烦，谢天谢地，肚子好了。在这个环境中，"好"的意义不知有多么重要。

清晨，从被缝里往外看，天还没亮，留做通气用的小孔已被哈气挂上了霜，外面冷到什么程度是可想而知了。此刻大家都醒了，蒙在被子里瓮声瓮气地说话，但是谁也不愿意先起来，我也静静地等待着。

不一会儿，迫山一撩皮被稀里哗啦穿上了衣服，又吹着了篝火，接着我们才一个个钻出了皮被。外面的空气真冷，像无数把锋利的钢刀刺割着身体。我鼓了几次劲儿，才穿上了像铁皮一样发凉的衣服，心脏立刻紧缩起来，牙齿不由自主地打起了冷战。鞋冻得穿不进去，还得拿近火堆去烤软——这一切像是在接受大自然的严峻考验！

今天他们出去打猎。我想帮助他们干点什么，但是看来看去帮不上什么忙，只好来回打水。火光下烟气缭绕，猎手们穿上绵乎乎的皮衣服，戴上皮帽子，忙着擦枪，装子弹，搓其哈密，打包脚布，泡豆饼，一派十足的北方狩猎民族情调，我赶忙拿出相机拍照，当闪光灯一亮，关大爷就像触了电一样，“呲——”的一声，嘴里不知说的什么，逗得我真想笑。这时候，天已放亮了，四周一片清蓝，篝火的颜色也由浓变淡，随着熹微的晨光，四下淡橘黄的、淡红的、淡蓝的、紫的，扑朔迷离，我们好像陷入五彩的雾霭里。

他们要去三个地方打猎，关大爷自己走，另外四个人分成两组，我在营地弄柴。

在鄂伦春族的传统狩猎中，往往是打猎技术不高明的成员（有时是妇女）留在营地烧火做饭，鄂伦春语叫“吐阿钦”。我不会骑马，衣服和鞋也都不适于野外打猎，留在营地是很实际的。有趣的是，谁也没有明确地“布置”给我，或是说出来，我是凭“意会”得知的。我还发现，关大爷是我们的“塔坦达”（“组长”的意思，一般鄂伦春族人狩猎都是以年龄大、经验丰富的人做塔坦达），大家都按他的话去做。

他们临走前告诉我到破房子那边拆些木头，饿了自己做饭吃。说完，一齐上马很快消失在丛林中。

营地上只有我一个人了。这是我第一次单独行动，一切显得太孤寂。我用日记本把已经拍的片子和还要拍的内容拉了一个顺序。炭灰不时地刮到本子上。这时，我看到自己的手已经又黑又皱了，因为这些天都是用雪擦脸和洗手（这样做是为了防冻和抗寒，我还吃辣椒抗寒）。然后我开始“搞卫生”，到冰窟窿提来一桶凉水，洗头刷牙洗脸，用毛巾把脸搓得发热，又把带来的香脂涂在脸上和手上，顿觉轻松了很多。

我拿着斧子到破房子那边拆木头。它像一个坐落在乱草里的“怪物”，墙壁歪倒，房盖倾斜。我从乱草里往外拽房梁，每扛回一根就躺在篝火旁歇一会儿，晒晒太阳。当我干到足够晚上用的了，就拿起相机爬向后面的小山。

这座山虽然不算很高，但是很陡，还有一层积雪，我走“之”字线仍然感到很吃力。山顶风大，吹得我直打冷战。我用相机选景看四周的山，看到我们的营地在群山衬托之下就是一个小点。

午后，一轮红日快落山了，我又爬上山顶。山下的树、草和营地的一柱孤烟、吃草的马，都沐浴在金灿灿的夕阳里。

小树林旁的营地

马的轮廓被太阳光勾出一层耀眼的亮圈。这时，远处出现了两个黑点，我通过望远镜头看，是吴铁索和北仑，但是马上什么猎物也没有。

走下山去不一会儿，关大爷也回来了，同样是没打着猎物。狗在一旁舔爪子。最后回来的是迫山和塔拉梅，他们的马上驮着鲜红的猎物，营地上一下子振奋起来！火光下讲话最热烈的是迫山。我听不懂鄂伦春话，但看得出他说的是打猎的经过。

我的闪光灯亮了，今晚又拍了手扒肉和割肉的镜头。

► 11 月 20 日

吃过早饭，猎手们又都出去了。我的任务还是拆木头。这种木头，一次架上三根就能从晚上烧到天亮，为此我恪尽职守拆房子，把拆下来的木头一根根扛到营地，脸上、身上落满了尘土。自己在营地太寂静了，只有碰到树叶的窸窣声和走在雪地里的沙沙声。

该准备午餐了。这时天空有些阴，火堆懒懒地冒着余烟。我重新加上了木头，吹着了篝火，又砍来一块狍子肉烤在火堆旁边。

今天我想单独生吃一下狍子肝（昨夜第一次和猎手们吃了一小点）。我先用盐、辣椒、糖混成一种“调料”，又把半冻的生肝用刀子拉开，露出里面黏糊糊的软组织，蘸上我的“调料”，吃到嘴里，心里有一种说不出来的感觉，继而又被辣味呛得透不过气来，裂口的嘴唇在发烧……

我什么也不管了，接连吃了几块！生肝虽然说不上特别好吃，但的确也不是太难吃。

我把吃剩下的部分学着鄂伦春族人的做法，用削尖的木棍穿上，扎在火堆旁烤起来，然后找出相机，拍“吊锅子”和“烤肉”的特写镜头。这时肉烤煳了，冒着蓝烟，我赶忙跑过去用猎刀把它刮了几下就稀里糊涂地吃下去，接着又吃熟肝，一样一样“品尝”。

不觉天空悄悄地飘起了雪花，转眼变成了鹅毛大雪，天地骤然变暗了，远山近树一片空蒙。我突然发现这时的景色很有特色，抓起了照相机一直跑到山顶。只见天地一色的灰白，像亿万只飞蛾在扑动。刹那间，我们的营地也完全覆没

准备生食的鹿肾

在白雪之中……

我跑回山下，迎着簌簌下落的雪花加旺了篝火，等待猎手们归来。天更暗了，火光外显得很蓝。不久，关大爷、吴铁索、北仑陆续回来了，他们的身上和马上都披着一层“雪衣”，却没有猎物，让人感到和这霉暗的天气一样心里不舒服！

天全黑了。火光下飘落的雪花宛如缕缕轻纱，把一切变得朦朦胧胧。迫山和塔拉梅还没有回来。猎手们坐在火堆旁慢慢地喝茶，手里摆弄着东西，倾听关大爷那潺潺流水般的低语，全然不管落在身上的雪花。

这时吴铁索突然把目光转向黑暗里，似乎发现了什么。我也听到了远处有轻微的狗吠，声音空旷而渺茫。我意识到远处有人，因为我们的狗在眼前。我注视着关大爷和吴铁索，他们说是打猎的，我却惊讶起来，在这旷莽的山里，难道还有另一帮猎手吗？

大约又过了半个小时，我们的狗突然叫了起来，黑暗里钻出两个骑马人，身上、马上都落满了白雪，马上垂挂着厚厚的猎物，几乎认不出是谁。到了眼前才看出是迫山和塔拉梅，他俩迅速地卸下猎物，头上带着热气走到火堆旁的地铺，解下枪支和猎刀，坐下来点起了烟。

塔拉梅告诉我，他们看到两只鹿，撵了很远，最后打中一只。我计算了一下，这一天十来个小时里，他们骑马走出了一百多里地。

生食鹿肾

雪不停地下，打在脸上痒痒的。地铺上的雪被抖掉一层又一层。我们不得不摸黑到林子里砍些树条，在头顶上支起个屋檐般的小棚，睡觉就躺在下面。样子虽然不伦不类，但遮雪还真顶用。

▶ 11 月 21 日

醒来天还没有亮，看到火光下有人在打点行装，正不知怎么回事，猎手告诉我要搬家，往里走。我被这突如其来的消息激动着，急忙穿上衣服，小心地钻出了雪棚。天还很黑，夜里雪不知什么时候不下的，一宿大地又换上了一层新装。

吴铁索在黑暗里借着火光拂去鹿肉上的积雪，用斧子砍下一大块肋条，又砍小一点，煮了满满一锅鹿肉。关大爷披着皮衣，坐在明亮的火堆旁，眯着眼睛在蒸气下用棍子翻锅里的肉，锅上漂着一层油。他一边翻一边对我说：“这个时候的鹿最肥，有劲！”我不明白“有劲”是什么意思，是指难消化，还是指的“助阳”呢？我想肯定是好吃，起码能抗寒！

天快亮的时候，也是早晨最冷的时候，人人嘴里喷着白色的气。我们开始围着篝火用鹿肉蘸盐水吃，油很快地在嘴里和手上凝固成硬块，咬不烂的肉，也只好成块地咽下去。我抓紧时间拍大家吃“手扒肉”的场面，迫山开玩笑说：“这个不好看！不要把我们给展览！”

九点多，天色还很阴灰，马都驮好了东西，营地显得空荡荡了，我们用雪埋好了不带的猎物，就一溜长队出发了。

我总爱看猎队，那低矮的披散着浓密鬃毛的猎马、有劲的臀和腿，猎手们背枪戴刀的装束、灰色的衣服、灰色的林

在新营地临时搭起的雪棚

木，衬托着黑红色的面孔。淳朴之中有一种力量！我找机会拍马队，尝试着把马骑出了队外。可是在马上拿相机取景很困难，相机下面常常钻出两个马耳朵。猎手们轻松地从我面前走过去，迫山回头笑着对我说："怎么样，包格道？"（怎么样，汉人？）我说："包格道白白的，敖力千的烈害！"（汉人不行，鄂伦春的行！）他们发出了爽朗的笑声。这时候又飘起了雪花，我把手帕蒙在相机上。

我们走出平谷（我们的营地是在这个谷地里），始终是一个接一个地走，谁也不说话。猎手在张望（这也是打猎的过程）。四周一片白，只有马蹄踩雪的嘎吱声。突然，坡下传来急促的狗叫，我们的狗也叫起来，这时我才发现，下边有三个黑点，旁边一柱青烟、一匹马、一辆大轱辘车，在这空旷的白雪世界里显得非常孤独渺小。我立刻明白了昨天晚上的狗吠，据判断，他们是从小二沟来打鱼的……

三个小时以后，我们走进一片深草塘，马被淹没在草丛里，就像走进水里一样，只露着上面的部分。大雪中，我们来到一片阴灰色的林丛，这就是我们的新营地。

它被三面封冻的河湾包围着，很像一个半岛，密集地长着柳树、松树、桦树，如果是夏天，这里一定是郁郁苍苍，可是现在却显得一片肃杀。

我们在林子中间找到一块空地，直接利用树干绑上了一圈横杆，中间就是我们的露营地。周围的树把我们团团包围起来，在这里面感觉很安全。我们在地上点着了篝火，蓝色的烟慢慢地升起来了，这景象突然使我想到：我们好像是山里的“马帮”，在任何地方都能够驻扎。

我正和北仑砍条子，忽然刮起了大风，风势愈来愈大，刹那间，天上的雪和树上被吹落的雪，铺天盖地而来，树枝摇晃着，呼啸着，漫天雪雾！篝火被强风压向一边，愤怒地摆动着长烟……

我被这大自然多变的雄姿惊呆了，看了一会儿才想到去拿相机，可惜最壮观的雪雾减弱了，变成了暴风夹雪。我们像“抢险”似的在风雪中奋力把三面挡起了木杆，上面盖上了所有能挡雪的东西，形成了一个“梯形”的围墙，这就是我们在树林中的“家”，样子既古怪又有趣。

风，一直没停，常常把我们的围墙兼雪棚掀起来，火星四窜，树枝呜呜作响。可是我看猎手们的情绪仍然是那么平静，只是风太大，篝火和烟乱刮，每个人只好眯起眼睛说话干活。我想，有多少人能知道世界上还有这种生活呢？

▶ 11月22日

昨夜一宿，我们头上的树摇晃着，呼啸着；但是钻到狍皮被里，却好像是到了与这毫无关系的“独立王国”，温暖而又平静。

早晨被子外面又是雪又是霜，马的皮毛和睫毛上也挂了一层白霜。

六点多，天上还闪烁着星星，风停了，一切又恢复了平静。猎手们在微蓝的晨光中给马喂豆饼。

阳光不知不觉地照亮了白雪，火焰和呵气熠熠闪着金光。猎手们吃过饭就出发了，我想，他们是新到一处场地，急于要知道这里的情况吧？我一直追到冰面上拍他们出猎的场景。关大爷不带狗，让我把它牵回去，可这狗不跟我走，哀叫着往回挣，我费了好大劲才把它拽回到营地，拴在树上，可是最后它还是咬断了皮条逃跑了。

我拿猎刀去割草。河套上的草像枯黄的麦田，被瑟瑟的寒风吹倒在一边。远处，我们的两匹马也在吃草，四周静静地伫立着群山。

我们从“大本营”出来，到这里已经走了一百三十多里，我本来告诉公社在二十三四号来车接我回去，现在看恐怕是不能按计划回去了。我想也好，既来之则安之吧！我本能地想到要多割些草，把营地圈起来，似乎这样能在有限的条件下对今后防风抗寒起很大的作用。于是我不辞辛苦地一把一把割起草来，把营地从三面用草圈上。但是最后我看着这样的营地总想笑，因为它乱哄哄的，像个大猪圈！我心里想只要顶用就行了。现在我得弄柴火，这回不用拆房子了，我在林子里找倒木和朽木。

一切都是默默的，只有单调的斧声和踩雪声。

傍晚了，夕阳西下，静静的河湾上，白雪衬托着一条尚未封冻的暗褐色激流，岸上的树林被落日的余晖映成了迷人的玫瑰红。此时此刻寂寥的心情顿时消散，我兴奋地扔下斧子跑回去取来相机，在冰面上找角度选场面，脚下的雪发着清脆的响声。

现在我的胶卷已经不多了，总共还不到两卷，我得一张一张按计划拍，把镜头试验着对到各个地方。我凝视这股哗哗流淌的激流，看着那水下的卵石和翠绿的水草，心里感到无限欣慰。

树林里暗下来，猎手们回来了，他们冻得鼻红脸肿，但没有丰收的猎物，只有吴铁索打了一只狍子，要不然，我们就断肉了！

晚上气温下降很多，我们围着篝火吃手扒肉，可是火苗却旺不起来，猎手们说我弄的这种木头不合格。关大爷又拿起斧子摸黑到林子里，他砍来柳木、桦木、柞木，就是没有松木，他说烧松木乱蹦火星。烧松木似乎是鄂伦春族人的禁忌。

今晚特别冷。

► 11月23日

林子里黑乎乎的，我提饭盒去打水，刚走到马群旁，突然一匹红马向我蹬来一脚，"当啷"一声正好踢在饭盒上，我也被这突然的一脚绊倒在地上，似乎从昏睡里突然被敲醒。猎手们惊慌地问我碰着没有，我说没事。但从此却感到那匹马可怕了，原来对马放松了的心情现在又紧张起来。

昨天的木头"不合格"，今天只好找"站杆"，选了一棵最好的，结果砍了好长时间才发现它竟搭挂在另一棵树上，任凭我使出浑身解数，又摇又推，最后还是白费了力气！

今天猎手们回来，什么也没打着，关大爷说风大，这样的天气动物不出来。我看到他们默默地拴马、摘枪，似乎有“黯然失色”的样子。我不忍多看，我知道现在说什么都是多余的。可是坐下来不久，他们就和往常一样，边烤肉喝水，边说笑，这时我才看到他们被火光照红的脸上仍然是那么坦然。塔拉梅总不爱多说话，两手交叉在脑后，背对着树干。迫山黑红的脸和黝黑的眼睛放着光亮，颇像一个持重的民族领袖在凝神思索；看着他总会想起俄国名画家列宾笔下的“查波罗斯人”首领的形象。北仑语言迟缓，他把一只冻硬的灰鼠揣到怀里，若无其事地张着两手烤火，脸上长长的胡子更增加了他的憨厚淳朴。今天还是关大爷说话多，手里摆弄着狍子脑袋，这是我看到他弄的第四个了，他常在出猎前或睡觉前把它埋进火堆旁的热灰里，等再扒出来的时候，就是一份被烤成鼓溜溜的熟食了！我想这一定是鄂伦春族游猎生活流传下来的习俗，不用锅，不用看管，是很聪明的办法。我急忙用相机拍下来。

北仑从怀里拿出了稍有点软化的灰鼠子，它毛茸茸地伸着脚，好像是在痛苦地睡觉。北仑用刀轻巧地挑开它的四肢，麻利地扒下皮筒，露出里面光滑的肌肉。他用生硬的汉话说：“开趟！”（开膛！）他用刀尖划开灰鼠子的腹部，掏出其五脏，又展开四肢抹进咸盐，然后用削尖的木棍把它穿上。这时的灰鼠子就以一种“手舞足蹈”的架势被插在火堆旁。不一

烤篝火的猎民

会儿，油一滴一滴地烤出来，香味四溢。北仑用他的大手撕开灰鼠的四肢递给我，他自己吃了胸部、内脏和脑袋。我发现灰鼠肉异常细嫩鲜美，和它的“鼠”名很不一致。

猎手们喂马的时候才发现，我骑的那匹马不见了（因为我没给马打绊子）。听到这个坏消息，我心里很不安，本来就不丰收，马又被我给“放跑了”，我感到很抱歉，但是猎手们的情绪似乎并没有什么变化。

▶ 11月24日

早晨风小了一点。猎手们可能是因为昨天没打到东西，今天出去得特别早。

塔拉梅一个人回到以前的营地找马。现在，营地上又空了下来。

带来的粮食已经不多了，出来六天没打到多少东西，可是猎手们每天都骑马在林子里奔波着，林子里的动物不多了！

我的情况也不太好，带来的辣椒快吃光了（这是我主要的防寒食品和调料），天愈来愈冷，手上碰坏的口子肿胀起来，晚上睡觉时火烧火燎地疼，嘴唇也肿裂了，头皮生了疮，鼻子也不知为什么，变得迟钝起来，对每次涂在脸上的防冻香脂（其实并不那么香）却感到异常的清香，以至于每次都要贪婪地深嗅几下，仿佛这是很大的享受。

我找出拍完的胶卷，彩色鲜艳的暗盒上画着我记的顺序号。我仔细地把它装在一个牛皮纸的信封里，又用手帕紧紧地包好，放在背包的最深处。

猎鹿

关大爷在欣赏他的猎获物

晚上塔拉梅骑马回来，马鞍子后面拴着被我放跑的那匹马，它果然是跑回以前的那个营地了，如果不及时抓回来，它就可能继续跑回“大本营”，那可就更糟了！

今天猎手们回来得都很晚，但是出乎意料地大丰收！迫山、吴铁索打了一头野猪，这一个就顶好几只狍子，关大爷打着一头鹿，得明天去驮回来。我们都很高兴。

► 11月25日

今天要去驮鹿肉，我表示同去，但是谁也没有明确的反应，我暗暗等待着，直到发现塔拉梅不声不响地给我备上了马鞍，才知道这是同意了！我高兴地背上照相机跟随他们一齐出发。一出去，关大爷的马走在最前头，他在马背上有节奏地挥舞着双手，好像恨不得马上就到达现场。从后面看，真不能相信他是个六十多岁的老人。

不一会儿，我们来到一个山顶。这是一片宛如甘蔗田的树林，里面倒木横七竖八，我的马紧跟在他们的后面，树枝从两侧稀里哗啦地刮过来，我索性闭上眼睛趴在马背上。树枝被折得嘎巴嘎巴直响。翻过这道山，下面就是较为开阔的沟塘子，越过这片沟塘，就能清楚地看到对面的山。

鄂伦春族人打猎常是骑在马上四面搜寻视力所及的猎物。我们顺着山脚拐进一个山沟，上面两山对峙，山势很陡，白雪布满林间，鹿就在半山腰上。关大爷说他是在对面山上开枪的，当时还以为是只大狍子。我们把马拴在山下就气喘吁

关大爷拿起斧子，准备支解他的猎物

很快，鹿没有了，变成一堆肉块

把简单处理过的猎物放到马背上

吁地向山上爬，不一会儿就看到了那只被关大爷打死的鹿，殷红的鲜血凝结在鼻子上，一架美丽的大鹿角随头歪向一边，血渍淌在雪地上。

这时关大爷显然很累了，他的帽子推在脑后，露着闪光冒汗的额头，弯着腰疲倦地坐在地上，端详着他的猎物。是满足、是惋惜，还是怜悯？这场景突然让人感到一个老猎手和他的猎物构成了某种奇妙关系。我拍了几张照片。不一会儿，他拿起斧子砍掉了鹿角。他告诉塔拉梅，用绳子把鹿拴上，我俩喊着号子把鹿拽到山脚下。

关大爷先在旁边笼了一堆火，然后抽出刀子，很快就扒开了鹿皮，掏出内脏，又把肉砍成几大块，用皮条子穿起来。

猎手们像是在“卸机器”，油污似的鲜血染红了他们的双

从乌苏门返回“大本营”的途中

手和猎刀，雪地上留下一片片的血迹。我看着四周灿烂的阳光、湛蓝的天空、雪地、白桦，猎手、猎马、鹿肉、鹿皮，能深深感受到鄂伦春族人千百年来的生活风貌……

晚上又刮起了大风，我们在篝火上烤鹿肉、烧腰子，黑暗中也不知生熟，有时一咬还淌血水。火堆旁烤着两条鹿腿，关大爷和塔拉梅低头很费劲地用刀从鹿腿上剔鹿筋，又把剔完筋的骨头放在火旁烤，然后吃里面的骨髓油。这时，随着风声突然传来一声声嚎叫，似哭非哭令人毛骨悚然。我们都停下了手中的事，关大爷听了听说是狼叫，可能是狼抓到狍子了。

我躺在狍皮被里，听着外面的风声和狼嚎，无穷无尽地遐想。

▶ 11月26日

今天决定往回走，这是吃完早饭突然宣布的。我想可能是因为昨天的收获吧？

我忙乱地打行李，看到被头压扁了的干草和雪块，心里想：再见了，营地、树林，还有那风雪的黑夜……

阳光下，猎队走出了树林，马上驮着鲜红的猎物，猎民们风尘仆仆地扬鞭策马，走进了我的摄影范围……

到了上个营地，猎手们几乎没有休息，就把埋在雪里的肉扒出来，驮在马上。因为增加了货物的重量，仿佛马背都向下压得更弯了。我的马驮了两块肉，还加上个装炊具的皮口袋。我们完全是“满载而归”的样子。

我要拍一张从山顶向下俯视的镜头，于是一口气跑到山顶，山下的猎队已经走过来，我顾不上心跳和手颤，几乎是哆哆嗦嗦地按下快门。我用镜头跟踪着猎队，拍了大家远去的场面。这时我才想到自己一个人落在后面了，心里慌起来，急忙收拾相机，看了一眼山下空荡荡的营地和被我扒倒的破房废墟，再见了，乌苏门！

我跑到山下，借山势抓住一棵小树爬上马背，开始了“紧张的休息”。我不停地催马，马背上的东西（炊具）稀里哗啦地颠簸起来。终于，在一片小树林里追上了前面的猎队，这时我已经大汗淋漓了。

六点多，我们终于回到了“大本营”。经过五个多小时连续骑马，手脚已经麻木了，甚至嘴都冻硬了。脑子里总像是在马上摇晃，掠过一个又一个的树影。

山东人跑过来接过我的马缰绳，帮我卸下东西，他拍着一身汗的马，说我不会骑，所以才让它出了这么多汗！

现在就剩下等车了，只要坐上汽车，到大杨树，再换火车就可以到家了！

▶ 11月27日

昨夜我们从马上卸完了东西，大伙儿都钻进地窨子里住，虽然这里又黑又挤，却享受到了在外面从来没有的温暖。

回到“大本营”，离公路近了，我就不再担心什么“上呼吸道感染”或是其他一些“不愉快的”设想了，因为这里毕竟会有车通过，我基本达到了这次随猎拍照的目的，心里充满了欣慰和喜悦。

吃饭的时候，山东人拿出两瓶酒，几天来的风寒、寂寞、疲劳和即将归家的心情使我见到酒也大有喜出望外之感。我几乎是尽情地喝起来，微微觉得有点醉意，饭后又和关大爷、北仓睡在地窨子外面。

早晨起来得很晚。阳光把雪地、树干涂上了一层暖色的光。这时，我看到躺在狍皮被里的北仓，他头顶上挂着一堆鲜红的肉块，旁边戳着猎枪；我感到这画面很有意思，便迅速地找出相机。刚好那条狗又跑过来趴在他的身边。我顾不得穿鞋，急忙跑过去“抢”下了这个镜头。

吃过早饭，迫山、塔拉梅、吴铁锁、关大爷又开始紧张地备马。他们在昨天回来的路上发现了一群野猪蹄印，今天要出去找一找。关大爷昨晚发现他的狗腿上有血迹，说一定是狗追上了狍子，今天也要出去看看。我知道这一程要走出很远，看着猎手们又风尘仆仆地出猎，真是从心底敬佩他们勤奋耐劳的精神。而我自己因为昨天骑马过分疲劳，现在还浑身没劲，头也不舒服，只好在“家”里等了。

这里距温克图林场有七十多华里，距大杨树镇三百多华里，是前不着村后不着店的地方，没有固定班车和其他作业车，只有偶尔过路的汽车。而过路的汽车什么时候有，几天一趟，谁也说不清。据说有时候是在夜里，有时候是白天，有时候几天都没车路过。我来的时候曾跟公社打了招呼，让他们在二十三四号派车来接，不知什么原因直到今天还没来。（后来听说二十三号车到伊里坏了！）

我到公路上走走。地窨子离公路有三百米，公路紧靠着一座大山，静悄悄地蜿蜒伸向远方。路旁的几块巨大的岩石上披着一层白雪，黑桦树从岩石底下和旁边生长起来，后面的山阴沉沉的，冷峻地向着这条空旷的路面。一路寂寥，我向前走了三百多里路。公路已经离开了山，跨过一座小桥伸向另一个山头。路上依稀可辨的车印不知是什么时候留下的。一阵冷风轻轻地吹起了路上的浮雪，更使人感到荒落。

天黑以后撵野猪的猎手们回来了，但一无所获，有些不大精神。据说他们走了很远，追到一个高山上，结果只打了一枪。这时天已经不早，野猪又跑远了，只得往回走。关大爷真的驮回来一只狍子，果然是昨天狗追上的，狍子的气管被狗咬断了，成了关大爷的猎物。我暗暗惊讶，他判断得太准确了！能在这丛林中像“海里捞针”一样找到这只狍子，那本事是可想而知了。晚上他在篝火下熟练地扒狍子筋，火堆旁又烤上了狍子脑袋。他干活儿的动作有点机械式的敏捷，随时把手挡在眼睛前看火，眼睛被烟熏得眯成了一道缝。睡觉前，我把一双没穿过的袜子送给他，把茶缸子和茶叶留给北仓。他们打猎还要很久才能回去，也许能用上。今天晚上，我感到格外冷，可能是有地窨子对比的关系吧！

▶ 11 月 28 日

猎手们今天休息了。

吃过早饭，他们在地窨子下边的河套里轮流在枪架子上瞄准校枪。大家围在一旁看着远处挂在树上的白纸“靶”，枪声一响，如果没打中，都会讨论一番，是那样的全神贯注，而且兴致勃勃，好像其他什么都不想了。朝鲜族人常常跑过去给他们看靶，他身后的小猎刀随身摇晃。河套里枪声震耳欲聋，悠远地在群山中回响。

关大爷除了打猎不怎么参加大伙儿的活动，也很少进地窨子。即使是有事，也只坐在门槛上说几句话就走。他经常自己在林中的火堆旁，手里不停地做这做那。他带来的“备品”最全，有厚、薄两件狍皮衣服，大大小小的皮口袋里，有好像用不完的糖和茶、镇痛片，有针线包和修枪磨刀的工具。

生活习惯也和青年猎手们不一样。他不喝酒，但有一瓶樟脑酊，一累了就喝一点，已经成了他的嗜好了。他把扒下来的鹿筋、狍子筋装在一个袋子里，我估计这是属于他自己的（因为一般是谁打的就归谁）。我还经常看着他一个人逗狗玩，和狗说话、嬉闹，态度非常认真，有时不知什么原因，狠狠地打狗一拳，狗嚎叫一声逃得很远。

除了干活儿，他就做吃的。上午，他在火堆上燎一个大野猪脑袋，然后劈开煮到吊锅里。

今天我拍了他在灰里烤面包圈的镜头，这是鄂伦春族特有的食面方法。我还拍了他烤后背的镜头，鄂伦春族人常在睡觉前背对篝火躺着，掀起狍皮被，让篝火烤他的后背，就像汉人在家里躺在暖烘烘的炕头上一样，舒舒服服的。

► 11 月 29 日

猎手们准备走了。

和我们第一次离开这里时一样，地上零乱地放着要驮走的东西，马牵回林子里准备鞍子，猎手们都穿上了皮衣服，围着一棵大树七手八脚地把鹿皮、狍子皮、鹿心（里面有鹿心血）和筋之类的东西放到树上。关大爷对他们说了些什么，北仓领我到下边的冰面上用铁锹挖开埋肉的大雪堆，从里面拿出两块狍子肉、两块鹿肉给我，说是给我带回去的，我当然很高兴，这是猎手们的心意，也是我从山里带回去的最好的东西！

猎手们忙着收拾东西了。我想，现在可是拍照的最后机会，我抓空让关大爷穿了件新狍皮衣服，他很快地配合我拍了“老猎民”。我又跑到迫山那儿，说服他协助我拍他穿套裤和“其哈密”的镜头，这是我计划要拍的内容之一，但是他慢悠悠地说“那不好，没用——”，手里不停地备鞍子。我看着这情形急了，我说：“这些照片是展览用的，没有不好！”他一边说我“捣乱”，一边找出了套裤和“其哈密”表演似的穿给我看。这几天，我已经发现他是有个性的猎手，精干利索，又是队长，不愿受别人的干扰。平时我拍他，多是在不影响他活动的情况下进行的。现在我从相机的取景器里看他：粗糙黑红的皮肤、刮毛梳子似的头发、粗短有力的双手，真是一个憨厚朴实的鄂伦春族人形象。说话间，我拍完了需要的镜头，他长出了一口气，像是说，给我做表演太不容易了，接着又好奇地从我手里拿过相机架在眼睛上看。我立刻换给他一个装黑白胶卷的相机让他拍。他随便玩起来。

最后我们又合了一个影，他们就分头干活儿去了。显然这次要很长时间再回来，马背上驮了很多东西。这回我骑的那匹马也驮了粮食，猎手们有的戴上墨镜，有的脖子上扎了手巾，背好了背包，都是一副远行的打扮。

我向他们预祝丰收，并一一和每个人握手告别，但他们只是笑，没有多少语言。我跟着马队跑到冰道上，拍完了最后一张胶片。他们渐渐走远了，仍不时地回过头来，我用手在空中不住地摆动，直到他们消失在树林中。

现在，“大本营”只有山东人、朝鲜族人和我，一下子静起来，显得很冷清。我把行李从树林搬到“地窨子”里，至于什么时候有车、怎样上车，我也不知道，三天来还没有一辆车从这里通过。看来公社派车的事也成了泡影。

我把相机里的胶卷倒出来重新包好，似乎“随猎摄影”的最后一幕也随之落下了。

黑夜来临了。“地窨子”里好像一个黑洞，朝鲜族人点上了小油灯，铁炉子烧得很热，我明显地感到由露宿转到“地穴式”的生活了。

► 11 月 30 日

我们这个地窨子很像一个“掩蔽所”。房顶和地面一样高，从林子里往这面看，只有一股青烟不断从地面往上冒，其他什么也看不见。走近了才能看到有一个小烟筒伸出地面，底下是“房子”，旁边一条窄沟，像“楼梯”一样斜下去通到“地窨子”的门前。已经冻结的毕拉河在“地窨子”的背后静静地躺着。

里面的生活也很有趣：一扇进出都得哈腰的小木门、用塑料挡的不大的窗户，即使白天，里面也不是很亮。由于外高内低，进门就得深陷一脚。地上零乱地堆着木柈子，柱子上挂着红色的鹿筋和狍子筋。窗户前有一个用木头支撑的案子，上面放着大块的鹿肉和野猪肉，旁边散乱地放着盆碗刀斧。

“地窨子”里有很多耗子，白天就敢爬到案子上偷肉，虽然看似慌慌张张，可是撵走了还要跑回来。它们一到晚上就大显神通，木头被嗑得咔嚓咔嚓乱响，胆大的竟能飞快地从被子上跑过去。有一次还咬坏了朝鲜族人的耳朵，钻到山东人的棉裤里。我们睡觉都戴上帽子还得把被子裹紧一些。但是“地窨子”很暖和，尤其和我们前几天的风雪露宿相比，在这里算是很幸福了。而且由于壁棚和外面相隔，似乎更具有“安全感”。只是弥漫着一股潮湿的土气、生肉和血腥气味，又掺和着清新的树皮和干草气味。

这一宿睡得很不好，炕上一个人动，别人都“颤悠”一阵，而且睡在身下的木杆硌得很。

早晨起来，我就把行李装到背包里，吃完饭到外面去等车，因为车根本没有规律，我几乎是茫然地“听”车声，一会儿就觉得枯燥无味，冻得受不了，还得进地窨子里取取暖，然后再出去等。一直到傍晚路上仍然是静悄悄的。林子开始模糊了，心里也黯然起来。回到地窨子里，山东人正在窗前用斧子砍肉，屋里蒸汽腾腾。他见我进来就说：“走不了再吃饭！”我帮他到下面冰窟窿打来一桶水，这时天已黑了。朝鲜族人回来后，我们三个人围着盆吃饭，虽然还是昨夜剩的酒，但是心里很不是滋味，因为从今天起，我已经是任何事情都没有了，只盼有车，但却没车。

▶ 12 月 1 日

早晨我正在装行李的时候，朝鲜族人从外面提进来一个铁夹子扔在地上，上面夹了一只活蹦乱跳的黄鼠狼。它瞪着两只黑眼睛，一身光溜溜的黄毛，不停地在地上扑腾着。正好我要出去等车，就赶紧离开了。

当我再回来取暖的时候，朝鲜族人出去了，山东人端坐在炕上认真地比量着剪一块塑料，我看他剪了好几块仔细地放在被底下，问他这些塑料做什么用，他说是包脚布。他的棉鞋烧坏了，脚上仅套了一双破袜子穿水靴子，这里没有其他东西，可能是没办法才用塑料吧！可他并不像“没有办法”的样子，乐呵呵地给我介绍了塑料包脚的“优越性”，然后又笨拙地捏起针，缝腿上的坏棉裤，嘴里一边滔滔不绝地讲着什么。他今年有二十多岁，长长的头发拢在脑后，前面的额头显得很突出，皮肤棕黑，脸稍有些凹，黑眼眉高鼻子，嘴上留着黑胡子，好像古代人。几天里，我已经观察出他有一股山东人的脾气：率直，爱说话，又常流露出“哥们儿义气”。他告诉我，他小时候就没有了母亲，只念了三年书。他穿着一条肥厚的蓝色棉裤，上衣不知是从哪儿弄来的一件旧鄂伦春族人的狍皮衣，细腰不合身，领子上缝了一个毡绒领，显得不协调。

因为我得在外面等车，就和他在一块儿弄些柴火。林子里空气清新，厚厚的白雪，透过树干能看到下面冰封的河道和对岸的林丛，后面立着一座大山。

山东人干活麻利，他又抡斧子又拖树，稀里哗啦一阵子就弄不少柴火，又风似的跑回地窨子。他说太冻脚了，就得这么干！

他住在这里已经快两个月了，有时是自己用一支小口径枪在这儿打飞龙（花尾榛鸡）。

晚上他给我讲了很多猎民村的故事。和他唠嗑，给我减轻了不少等车的煎熬。我发现他和猎民的关系很好。

今天是12月1日，原定呼盟艺术馆于今天开始展出“鄂伦春风俗图片”，不知是否开幕了，观众反应如何？一想到这个，我更是心急火燎，恨不得马上就回去。

▶ 12月2日

昨夜忽然听到汽车疾驶而过，是几天以来的第一次，像海市蜃楼一样引起了我的幻想，然而又让我很沮丧，因为即使立刻跑出去，汽车也早“溜之大吉”。所以，从今天早晨起，我干脆把行李背到公路边，把肉装在袋子里挂到树枝上，摄影包藏在路边的树丛里，我自己就顺着公路来回跑，冷了就回地窨子暖和一下再出来。大部分时间是在公路上度过的。然而直到天黑也没有一辆车通过，晚上又心灰意冷地把行李扛回去。现在他俩已经习惯了，我出来不送别，回来也不惊讶，好像这是“天经地义”的。可我自己却愈来愈感到不好意思，这里的粮食也不多了，我只吃肉又不习惯，甚至感到总是吃不饱！

夜里听着墙壁掉渣土声和耗子嗑东西声，心里感到异常烦躁，一时竟睡不着，这里好像成了一座孤岛。

▶ 12月3日

一天又过去了，今天是等车的第七天。外面一片漆黑，地窨子里的油瓶子灯放着豆粒大的亮光，灯光影影绰绰，把被照的地方染了一层棕黄色。

几天以来，白天除了等车，帮助山东人弄点柴火、打水之外，再也没什么好做的，我真正体会到“欲速则不达”的烦恼。无奈，我就观察山东人和朝鲜族人。眼前，朝鲜族人正站在油灯下，嘴里叼着自卷的纸烟，整理他乱麻似的渔网。

他不到五十岁，头上帽子的两个侧耳耷拉着，穿着短棉袄，脚上一双水靴子，上面挽下一层已经变黑了的白里子。屁股上总挂着一把短猎刀，一看就是从事“渔猎生产”的。他的主要任务是“看点”，打鱼，顺便下夹子。他已经打了三只黄鼠狼。白天出林子到三里多地的冻泡子砸冰起渔网，晚上把鱼挎回来埋到雪里。

其实我早就见过他。那还是在“农业学大寨”时期，有一次我到猎队画秋收速写，同社员住在一个板夹泥的工棚里。两条大板铺，晚上各族社员参差不齐地坐在铺上，由书记组织“即兴联欢会”，他唱了朝鲜族民歌，唱得非常好，留给我的印象很深，也知道了他是队里的木工。

这个地窨子就是由他设计主造的，一看就能发现合理利用了地势，巧妙地在土里挖出了居住空间、窗户、门、上地面的通道。

他在这儿住快一个月了。大家还没来的时候，一天夜里他和山东人烤棉鞋，结果把鞋烤着了，现在他们都穿水靴子。他还告诉我生疖子没有药就用牙嚼碎黄豆、土豆再混白糖糊，居然真的好了。

他不像山东人那样爱说话，但我发现他们俩配合得很好，比如谁弄柴、谁点火、今天吃什么肉，都很默契。山东人年轻性子急，风风火火，但朝鲜族人能适应他。这些天，朝鲜族人向我讲了他自己的经历，他是延边的农村人，五十年代初中毕业，本来可以上高中，却因为家境贫寒失了学。当过老师，还在六十年代初跑到朝鲜当工人，学徒时就给他定了“五级推土机驾驶员”工资，后来又跑回来。他去过小兴安岭、大兴安岭，最后到了猎民队。他的生活一直不富裕，甚至一双袜子也总是被成年的儿子抢着穿，最后他说：“干脆不买了，看你还抢什么！”更不幸的是，小伙子在一次涨水过河中被淹死了，他那时已与一名鄂伦春族姑娘在谈恋爱。猎民队派人派车帮朝鲜族人打捞，处理丧事，使他感激涕零。当队里人来他家看望的时候，他竟顾不得穿鞋，光着脚跑到外面去迎接。

他的汉语说得很生硬，一听就是“朝鲜族汉语”，他把在商店买的辣椒面说成是“国家卖的”，他鄂伦春话说得很好。在他身上有明显的朝鲜族性格：勤劳、聪明、能歌善舞、能吃苦。

在几天的共同生活中，我体会到山东人和朝鲜族人都有劳动人民常有的美德，他们生活在人所不知的角落里，忍受着寂寞、贫穷，然而没有感伤，也不抱怨，只是默默地坚忍地生活着。现在我自己也说不清对他们是同情还是钦佩。

▶ 12月4日

今天刮起了大风，温度骤然下降，在公路上来回跑步也不觉得暖和了，我在公路下的树林边笼了一堆火，这里很背风，坐着烤火就可以看到公路上任何一个方向可能出现的汽车。风呜呜地刮着，使我难以辨别是汽车声还是风声，甚至产生了幻觉，总感觉有汽车的马达在响。然而眼前只有被风轻轻摇晃的树和草丛。我脑子里模糊起来，不知不觉把头抵在膝盖上就睡着了。当被一阵冷风吹醒时，我心里感到异常孤独，时间也像凝固了一般。我不时地起来走走，活动一下身体。

天又黑了，仍然没车，公路那边静悄悄的。肚子早就饿了，我又把行李背回去。现在所谓吃饭，就是吃腻透了的野猪肉，我对这种单调的生活感到极度厌倦。更讨厌的是，我头上痒的地方感染了，变成了黄水疮，又痛又痒，我得每天上土霉素软膏，还得用手帕把头发蒙起来，再戴上帽子。眼皮上长的小疖子也肿起来。牙膏没有了，牙刷压折了，只能用手捏着牙刷的头蘸点咸盐在嘴里搽，肥皂冻成了粉末，衣服也脏得有些发亮了，真是到了山穷水尽、狼狈不堪的地步。

▶ 12月5日

我又在昨天的那个地方笼了一堆火。风常把烟刮到脸上。

午后快两点钟，我正低头写日记，耳朵里好像传来了汽车的马达声，一辆卡车正风驰电掣而来，这真是喜从天降，我高兴得一下子跳起来，不顾一切地冲向公路。我不由自主地大声喊叫起来，手臂也随着冲刺般的速度在空中乱舞。眼看着汽车要过去了，我还没跑到公路，刚要失望，汽车却突然发出刺耳的摩擦声音停了下来，我简直不敢相信这是事实。车里的人用惊异的目光朝我看。这时我激动得几乎要哭出来！我上气不接下气地跑上公路，司机问我去哪儿，我说去哪儿都行！又问我干什么的，我特意加重语气说："采访，拍打猎的！"我怕他不拉我。司机又说了什么我也没听清，就匆匆把东西拿过来请他们帮我扔上车。汽车开动了，这时我才深深地喘了一口气，梦寐以求的愿望就在这一瞬间实现了，然而我竟为此整整等了九天！此时，我感到人一下子轻松起来！

汽车跑了一个多小时到了温克图林场。这里有百十户人家，大多是灰色板夹泥的土房子，用油纸盖和参差不齐的树杆夹成的院落显得很零乱，公路正好是街道，从两片房子的中间过道通过，外面没有几个人。偶尔哪家出来个人，在院子里拿上东西又匆匆进屋去。我看到这些感到既新鲜又亲切，甚至当看到一个穿紫色大衣戴大帽子的妇女还有一个小孩的背影时也感到很新鲜……

汽车在一座红砖房门前停下来，这是林场的办公室。汽车上下去一个办事的人，我们就在这里等。我趁这个时间到下面活动一下，知道车里还有两个年轻人（不包括司机），他们是沈阳来搞木材的，穿得很漂亮，但是很单薄，因为外面冷不敢出来。我又到屋子里看看，走廊里空荡荡的，各门都有一把大锁头，我不知道今天是星期日。

我好奇地看着这里的一切，不觉过了很长时间，慢慢感到浑身冷，手脚也冻麻了。这时，出去办事的那个人回来把汽车开到一个大院门口，让我们到屋里等。这是林场主任的家，整齐划一的院落，漂亮的红砖房，门口有一条大狗。一进屋，雪白的墙壁、油漆地板、米色沙发、浅色大衣柜，一下子使我感受到只有家庭才具有的那种温馨。我也突然在镜子里看到自己衣服肮脏，脸庞略微显浮肿，像从头到脚蒙了一层灰，连我自己都感到很陌生了。这时女主人回来，正是那个穿紫色衣服的人。她有三十来岁，长得不难看，而且特别热情。她和领我们进屋的那个人说了一会儿话就出去了。不一会儿，走廊里传来了抱柈子和点火刷锅声。天快黑时，电灯亮了。又过了一会儿，男主人回来了，他穿着中式上衣，个子不高，有些胖。他说是到哪个杀猪的人家喝酒去了。我和大家一起站起来，他和我们一一握手。很快就唠到正题，和“我们”谈起木材情况。他口齿伶俐，讲起政策来头头是道，有时还像是对着我讲，显然误认为我和搞木材的人是一起的，因为我是这里唯一戴眼镜的人。谈话的中心是木材没有指标发不出去，但是他们这次来主要是看一下情况，谈话并没有解决实际问题。当我们要走的时候，女主人说饭好了，非挽留吃饭不可，态度特别诚恳。刚开始，沈阳人还推辞一番，他可能是出于城市人的习惯，但最后还是被说服了。我早已饿得很厉害了！大米饭、白菜粉条，热乎乎的很对我们胃口。中间女主人给每个人都加了饭。后来不知怎么回事，男主人发现我不是这伙儿的，便问我："那么这位同志是哪儿来的呢？"我不得不"主述"了一遍我的来龙去脉，他没表示什么，倒好像因为我是记者显得客气起来。不管怎样，我对眼前的一切感到很新鲜，像是被赋予了一种"传奇色彩"，又好像是在做梦。

我们出来的时候，外面漆黑一片，满天星斗，他们四个人挤进驾驶室，我在车后排用鸭绒被把整个身子连同头一起包上，腿上蒙了狍皮被。汽车疾驶着。我几乎有些坐不住，手里紧搂着摄影包，努力地在黑暗中辨认白天上车的地方。望着那黑成一片的莽莽树林，与猎手们一起在这里生活的二十天，一幕幕画面又出现在我的眼前……直到汽车在一个堵卡站的横杆前停下来，我才知道已经走了很远了。一个年轻人从路边的房子里打着手电来到车旁，把脑袋伸进车厢里用手电照了照，问我是干什么的，我说是照相的。他见车里没有木材就下去把挡路的横杆放起来。汽车开走了。九点多到了诺敏河农场。设在小山岗的招待所里住着各式各样公出办事人员，南腔北调，我感到更新鲜。

屋里很冷，但我十分高兴，从这里到大杨树每天都有班车。同屋住的一位姓刘的同志，对我的拍摄内容很感兴趣，并表示敬佩，主动告诉我明天早晨他们的车去大杨树，到时候叫我。我们俩唠到很晚。我兴奋得失眠了！

▶ 12月6日

我特意躺到快八点钟才起床，想彻底赶走精神上和身体上的疲劳。

晚上和同屋的刘同志唠得很投机，今天他帮我上了他们厂去大杨树的卡车。车上放的一个奇形怪状的大铁架子占去了车厢大部分地方。从四面八方来的“乘客”蜂拥挤到卡车上，大家的身体被铁架子限制，以各种姿势站立着，我的行李袋被他们踩到脚下拿不出来，我也挤在一个角落里。汽车沉甸甸地开动了，车上的人随车晃动。我对这一切并不反感，反而觉得很有意思。我紧紧地提着装相机和胶卷的摄影包，保护它不被挤着。欣赏着车厢下掠过的雪景，刺骨的寒风吹拂着面颊，我感到胜利了！

汽车跑了三个小时进入大杨树镇，真像久违了一般，密集的房屋、流动着的彩色人群、四面八方传来的各种声响，我重又回到了这偌大的世界。我的心立刻兴奋起来。

汽车在站前中央街口停下了。这时正是中午广播时间，电线杆上的喇叭声震耳欲聋。

开往阿里河的车要在午后四点多出发，现在我得先把东西存起来，然后吃饭，给妻子打电话，买火车票。我的生活节奏一下快起来。在站前知青店寄存东西的时候很不愉快，一个瘦扁白脸（抹了很多美容霜）的女知青用盛气凌人、不耐烦又几乎是命令的口吻让我把东西放到储藏室，还在我的背后说了一声“烦人！”（也一定会有白眼），她可能是觉得我和东西都不值钱。我对她说这里有相机，你要注意轻拿轻放！不知什么原因，她居然对我刮目相看了！然后，我到附近的小食堂吃饭。这一看就是刚开始承包不久的食堂——女服务员头上扎了白色的三角巾，用平时不习惯的“您”字招呼客人。可是饭菜质量很差，屋里又凉，室内布置庸俗不堪。我要了二两酒、一盘豆芽菜、一盘炒芹菜。

午后我给妻子打通了电话，头一句就是：“我回来了！”四点多，我坐上了去加格达奇的火车，次日早晨就可以到家了，我想当天就把彩卷拿出去冲洗。

饲养驯鹿的鄂温克族猎民人口不到两百人，他们是三百多年前从勒拿河迁到额尔古纳河流域的狩猎民族，并一直保持饲养驯鹿和使用驯鹿的习俗。他们的居住形式、狩猎方式、使用兽皮和桦树皮的习俗、语言、信仰等，与鄂伦春族有相似之处。

1983 年春节过后，我去了额尔古纳左旗敖鲁古雅鄂温克民族乡，从此引发了我想接近他们生活的愿望……

初到敖鲁古雅

1983 年 2 月 22 日 — 3 月 2 日

▶　2月22日

在南木的行程结束以后，午后决定去敖鲁古雅——访问饲养驯鹿的鄂温克族猎民。这时太阳已经泛黄，站台上已有稀稀拉拉的人群在等车。我忽然看到几个少数民族形象的人站了一小堆，走过去一问，竟然也是去敖鲁古雅的鄂温克族人，我几乎是脱口而出："我也去敖鲁古雅，怎么走？"一个中年妇女说："你就跟我们走吧！"声音略带些沙哑。我看她有三十来岁，穿一件俄式棉袄，戴着蓝头巾，长着一双细眼睛，领两个八九岁穿着鲜艳的腈纶夹克衫的男孩子。火车轰轰隆隆进站了，我们择门登进了车厢。

天黑时到了博克图站，我因儿时曾住过这里，父亲又是车站站长，此刻不免勾起了怀旧之情……

▶　2月23日

我在顶铺上朦朦胧胧地睡了一宿，早晨醒来已经到了伊图里河站。从地图上看，去满归的方向仍然是朝向正北，几乎是直对漠河——中国的"北极村"。开车后要越过大岭，前面又加挂了一个机车头，出站不久是上坡道和曲线，尽管有两个机车头奋力工作，车速还是快不了，甚至逐渐慢下来。

过了一会儿，绕了一个大弯子，伊图里河"沉入"后面的山底。火车逐渐快起来，车窗外的山岩、树木也飞快地掠向后方。虽然中间几次刹车，列车仍然极速前进。现在，我已经在大兴安岭西北坡了！

鄂温克族猎民的房屋

到了根河站，下去很多旅客，车厢里也冷清起来，车开出不久列车员也躲到了卧铺车厢。车外仍然是单调的白雪和森林，望着掠过的远山近树，前方会是什么？心里茫然惆怅起来……

午后两点半到了满归镇，这是“终极站”。火车到达这里已经晚点四个多小时。检票口没有售票员，一出去就是个大雪坡，我正想要小心，忽然那个鄂温克族孩子叽里咕噜地滑到了坡地下……

当我在满归镇看到“敖鲁古雅鄂温克民族乡运转站”的牌子时，心里一下子亮起来了，似乎又感受到了森林民族的气息。在屋里，几个闲散的人也像是在等车，身旁放了几个大包袱。那位鄂温克妇女遇到很多熟人，好像是久别重逢，大家管她叫“玛尼”。不一会儿，有人进来喊：“车来了！”人们忽地拿上东西跑出去，纷纷爬上拉货的卡车，最后我也坐到了高高的车顶。

汽车迎着寒风向北开出了满归镇，平展的公路顺着山脚弯转向前延伸，左下是冻结的激流河，两旁密布着高直的松树群。公路前面不断驶过来运木材的汽车。

半个小时以后，汽车驶进了仍然被树木包围着的敖鲁古雅鄂温克民族乡，这里的树木、居民区、俄式木刻楞房屋，构成了新的景观。玛尼把我领到乡政府。室内是木地板，干净整洁，从窗户隐约能看到外面灰色的树木。接待我的是副乡长，鄂温克族人，穿着一身蓝制服。我把介绍信给他看，谈了到这里来的目的和打算，他都一一表示同意，并且告诉我，现在山上雪大，驯鹿吃的苔藓被压到下面了，乡里正组织抗灾活动，经常有车上山……他的态度诚恳，流露着鄂温克族人淳朴、善良的特征。

乡招待所同样很清静，六个房间只有我一个人住宿。据说，前几天可是住满了人。

初到这里，给我的印象是既清新又神秘。

▶ 2月24日

清晨，我急于看看敖鲁古雅的全景，因而起来得较早。

淡淡的蓝色笼罩着全乡，只有几个烟囱静静地冒着烟。我走过公路，慢慢地爬上对面的山坡。满山树木插在深雪里，

鄂温克族人的桦树皮盒多用鹿纹装饰

中间一条雪路逶迤通向山顶。开始，看着洁白的松软的雪，还觉得很有意思，可是没走几步就感到困难了，爬到山顶已是筋疲力尽。这时，却意外地迎来了初升的太阳。急忙拉出长焦镜头，放大了的太阳圆圆的，红殷殷的，好像一块巨大的蜜糖，出现在银灰色的雾气里。不一会儿，她透过了云层，万道金光喷射而出，刹那间，树上、雪上，到处闪烁起耀眼的光芒！

这时，我回头往山下看，敖鲁古雅的炊烟升腾，好像万马奔腾而过后，余烟未息。

当我好不容易从山上下来时，发现手套竟落在山顶了。没办法，还得往回走去寻找，再下来时，食堂已经没饭了，幸好有饼干充饥，而且经过运动的身体很舒畅。

我一边吃东西，一边暗暗地等待乡里能有人来安排我今天的活动，可是好久都无声无息。我明白了，现在需要自己行动，运用“民间采访”的方式！

我先到玛尼家，向她详细地说明了我来的目的和要看些什么东西，并拿出照片指给她看，问哪家有这些东西，让她领我找一下。

她同意做我的向导。在这里，我首先拍了一个桦皮盒子，这个盒子很有特色：直径约三十厘米，高二十厘米，盒壁一圈是涂红油漆的驯鹿图案，其他地方衬蓝色，图案边线露桦皮本色，用“压”“刻”的工艺方法制作。毫无疑问，这是和鄂伦春族同样的桦皮制品，但是图案内容、装饰方法却都有明显的不同。

这是我初到这里得到的第一个认识。

我们又穿过几趟房子到了“敬老院”。敬老院是紧靠堤坝的大房子，附近长着一些松树和桦树，远处是河套林带，四周很开阔。

这里集中住着一些鄂温克族鳏寡老人。我发现他们看人的眼神有点“直”（好像特别仔细的看法），不习惯汉话，有几个老人干脆不懂。我用仅会的几句俄语说：“杜拉斯起！”（你好！）他们就一个个把手伸过来说：“道劳！”（你好！）

在这里，我惊讶地发现这些独身老人们还保留着这么多传统的东西！有桦皮盒、桦皮烟盒、桦皮针线盒、犴皮手套、犴皮靴子，还有驯鹿笼头、驯鹿驮箱——几乎都是桦树皮或鹿皮革制品。

我一件件地拍下来，又在玛尼的翻译下请他们在光线好的地方拍了女服饰。

鄂温克族女性服饰的基本特点是扎头巾（而且是俄式的扎法），衣服是布衫（也有鹿皮的），大尖领子、对襟，后背和腰部掐褶，领边、袖口、衣边有线条，衣服多是黑、蓝或紫色。冬季脚穿犴皮靴（鄂温克语叫哈木楚勒），戴犴皮手套，整套服饰有俄式特点。

从这里出来又去了另外三个家庭。第一家有个老太太，高颧骨、大眼睛，屋里一股强烈的消毒水味。室内长沙发、铁床、擦得很干净的地板，很有些“俄式”生活的特点，感觉

老人们保留了不少鄂温克族猎民的传统物品

上没有什么鄂温克的东西。到第二家果斯克家，我看到很多东西，有椭圆形的桦皮盒、鹿皮子弹袋、食具袋子，上面都有精美的图案。这家女主人有三十岁，长脸、细眼睛，长得很秀气。据说她的父母都住在山上饲养驯鹿（后来知道他们是大户家庭）。

最后一家也有几个椭圆形的小桦皮盒，男主人在文化站放电影，三十岁左右，汉族老婆，因而屋内陈设和汉族没什么区别。在这里，他给我纠正了鄂温克名称的发音。我知道了几件东西的叫法：

装筷子的犴皮口袋——敖斯格卢，

针线包——得特，

桦皮盒子——妥尔洛苏，

桦皮烟盒——帮卡，

滑雪板——卡雅马。

▶ 2月25日

上午到乡里坐了一会儿，据说今明两天都没有车上山。谈话中，我了解到如下情况：乡里的鄂温克族人是1965年由奇乾迁来的，现在人口总数165人。大多数人在乡里生活（这部分包括职工、干部、学生、家属，还有一部分是不适应山上生活者），山上有三十几个人，分别在三个地点饲养驯鹿。

三个地点分别是大灵河、白马坎、三十一叉线，总共有驯鹿一千只左右。他们在山上还过着居无定址的游动生活，住撮罗子、打猎，保留着鄂温克族人的传统生活习俗。乡里有猎业队专门负责山上的生活，其中包括组织生产、开工资、收购猎产品、割茸，并有汽车和各点保持联络。

乡里有商店、医院、粮店、文化站、学校、托儿所等。学生食堂全部由学校负责。所有鄂温克族免费医疗，文化站免费放电影。

乡政府有四位鄂温克族乡长。

晚上，乡里佟书记又到我的房间来聊天——他是蒙古族，有五十多岁，单身，住在宿舍。他让我又知道一些猎民的生活情景。

岭北（这地方就属于大兴安岭岭北）山高林密，鄂温克人出猎是持砍刀开路步行，背着“背夹子”，见着猎物端枪就打，

饲养驯鹿的鄂温克族妇女 1

不用枪架子。鄂温克族猎民穿短犴皮夹克（或鹿皮夹克）、犴皮套裤，戴犴皮手套。雪大时，穿滑雪板行走；用驯鹿搬家、驮猎物，妇女、儿童也常骑乘驯鹿。鄂温克族人多用犴皮、鹿皮、熊皮做各种生活用品，铺鹿皮褥子，盖熊皮被（鄂温克族人基本不用狍皮）。

现在，我脑海里朦朦胧胧地出现了他们在山里的生活情调，更急切地盼望到山上各个点看看那里究竟是什么样。

▶ 2月26日

无事，等车，感觉时间过得太慢……

▶ 2月27日

上了汽车，我才终于感到悬着的一颗心落地了，心情也开始舒展起来。

今天去最远的“大灵河”点。据说那里有马克西姆、谢力捷两家，同车去的都是他们的家属。车上东西凌乱，汽车每颠簸一下都要扬起一阵尘埃。

我面前一共有四个鄂温克族人，小维克多（男）五十多岁，个子不高，他用红头巾把头缠了好几圈（帽子不知去哪里了），和他同行的有外甥、外甥女（都是成年人）。汽车上除了最小的（只有十五六岁），其余的都处于喝完酒的兴奋状态中。汽车颠簸使他们坐不稳，手在空中乱抓，然后又被颠倒。其中大外甥叫托洛，小伙子长得很不错，二十多一点，他不断地问我“哪儿来的”“贵姓”，我告诉他，一会儿又问，反复问这几句话，最后我不得不把脸缩进大衣的领子里来回避他。没想到的是，他竟推过来一件黄大衣要我穿上，友好地对我说：“你别冻着，我们鄂温克族人最抗冻！”说着就把自己的衣服撩上去，迎着寒风露出肚皮，

穿鹿皮服的鄂温克族妇女

饲养驯鹿的鄂温克族妇女 2

用手拍几下。这时的他几乎被迎面而来的寒风吹倒，脸和手冻得发青，可是他却不肯穿上大衣。

他不断地在车上找酒喝。汽车“误”在一个偏坡大冰包上，人们都在下面推车的时候，他还红着眼睛在车上偷酒喝，这回乡长生气了，爬上汽车把他扔到了下面的雪堆里……

鄂温克族猎民出猎时背“背夹子”，穿滑雪板

小维克多也常把脑袋盖在大衣底下喝几口。还有几个人也凑上前，几个人常常因为要喝和不给喝撕成一团。

汽车两旁山峦起伏，林雪中经常出现绿色的樟子松。我们正行驶在漠河县境内。

四个小时以后，我们在一片低矮的树林边下了汽车。附近的雪地被踩得很实，上面印着密密麻麻的驯鹿蹄印。

我们沿着坑洼不平的小路在林子里走。不一会儿，前面出现撮罗子，随着传来了狗叫声。

这里一共有两个撮罗子，相距五十米左右，几个人正孤零零地站在门口，望着我们到来。

我急切地环顾一下四周和树林，意识到这就是“北极村”里的养鹿人啊！

我们走近第一个撮罗子，这是个用木头支成的锥形体，

树林中的撮罗子

外面压了一层草筏子，门上挂着一块帆布。紧靠撮罗子的南侧用木头支起来一排架子，上面放了驯鹿驮箱和几块肉，最上面蒙着帆布。进到撮罗子好像进到了一个大黑烟筒里：底下大，上面小，中间上方露着天穹。大家围着地中冒烟的篝火席地而坐，背后是黑暗的，从上面洒下来的淡淡天光，把每个人的轮廓勾画得很鲜明。

另一个撮罗子是用帆布围成的，门外的雪地上堆了一些生活用品，树上挂着枪、子弹袋。雪地上插着砍刀和滑雪板，门前一堆劈好的木柴。一进门，烟气腾腾，车上那四个人也都在这里，除了两个年轻人外，其他人正坐在这里传酒喝。

我们被让到里面坐（还有乡长，客人都是被让到这个位置的），并立刻送过来一张小方桌，端来茶和列巴，又从锅里捞出肉，递过刀，传过酒。

归猎

这个家庭的成员很完整。有父母、儿女、外孙三代人。我看着这样通顶的帐篷和地上简单的皮毛铺盖、鸭绒睡袋，简单的生活用品，真难以想象他们是怎样在这零下四十多摄氏度的冰冻土地上度过严酷的寒冬的。

我抓紧在里面拍了一些照片，又利用乡长在这儿唠嗑的时间到外面看看。刚好，对面撮罗子回来一个打猎的，三只驯鹿上驮着红红的肉块，我急忙跑过去比画着说："先不要卸，再稍微走一下。"开始他愣愣地看着我，后来才突然明白我的意思，立刻重新拉上驯鹿转了一圈，于是我拍下了"猎归"。

这位猎手叫马克西姆，大个头，一脸的络腮胡子，他好像很高兴，一边从驯鹿身上卸肉块，一边笑着冲我说了些什么，声音洪亮，几乎都是提问的口气，可惜我一句也听不懂，旁边的青年对我说："他说的是俄语，你懂吗？"

在这个驯鹿饲养点上，我拍了撮罗子的内外景，拍了“猎归”，最遗憾的是没有看到驯鹿群，而且手工艺品也不是太多。

我们刚走出不久，上空慢慢地升起了一轮圆月，把森林密布的山谷蒙上了一层淡紫色。

今天是正月十五，我们晚上九点半回到招待所。

► 2月28日、3月1日

又开始等车了，真是感到“度日如年”啊！但无论如何，山上的三个驯鹿饲养点，我一定要逐个看一下不可。

幸好这两天常有乡里的临时工张小宝来我这儿玩（他是汉族，不到二十岁，继母是鄂温克族人，所以他会说鄂温克话）。他也给我讲了很多鄂温克生活的情景，诸如搬家（迁徙）、打猎、鄂温克族人的生活习惯、鄂温克人的性格、发生过的事件……他几乎什么都知道，而且他一来就坐在我对面的床上开始一个接一个地讲下去，两天来，他成了我不可或缺的朋友。今天（3月1日），我俩到西北山坡顶上转转，顺便拍了风景。

经过他的介绍，我觉得如果有机会，在山上住一住，和鄂温克族人生活一段时间是最好的了。

撮罗子里的情景

▶ 3月2日

今天终于又等到了上山的机会，据说两个驯鹿饲养点都去，我感到“胜利”了！这是用耐心——艰难的等待换来的。

先到“白马坎”，在敖鲁古雅东南，大约六十华里的地方。张小宝也随车去玩，他穿着件大皮袄和我坐在车上。有他和我同去，我更高兴了。

驯鹿饲养点在山坡上，周围和后面的山上长着灰褐色的树木，和煦的阳光下，白雪耀眼，树林里两个撮罗子和两个单层帐篷（像军队野营用的那样，尖顶，绿色，四角拉着绳子），显得很安静。帐篷里有铁炉子，光线很暗，人们在三面围着铁炉子住，地是坑坑洼洼的，睡觉的地方铺些樟子松树枝，上面再铺些皮子，每人都有鸭绒被子。

生活用品很简单，盆、碗、桶随便地堆放在门边。

驯鹿群

帐篷里的人几乎都是坐着或蹲着做这做那（尤其大人是这样），如坐在地上和面、砍肉，或是坐在炉门前烤列巴。走道地方狭窄，最里面的人进出时，几乎都是弯着腰从坐着的人面前走过，弄不好，手不是扶上坐在地上人的头或肩，就是脚下绊着东西了，弄得噼里啪啦响。

现在正是寒假期间，帐篷里还有书包、课本之类的东西。孩子们穿的衣服式样很新，羽绒服、夹克，色彩也都很鲜艳。但他们的头发都很长，而且个个顽皮，无时不在打闹。

另一个帐篷里，录音机放着音乐，节奏强烈悦耳。一幅既粗犷又自由，既简陋又现代的画面。

张小宝和这里的孩子们领我到各帐篷和撮罗子里找手工艺品，此外又拍了撮罗子内和外面架子上的东西。

在另一个撮罗子里，一个中年男人协助我拍了猎民服装。今天，我发现鄂温克族猎民服饰和鄂伦春的差别竟是如此之大!

中午吃饭的时候闹了一场虚惊。一个喝醉酒的猎民开始说了一句什么，我听不懂，也没有理会他，后来他的声音越来越大，并抓起一个空瓶子举过头顶要打我。周围的空气一下子紧张起来，几个鄂温克族人也不知如何是好。我正感到事态难以应付的时候，他突然说了一句什么，听懂的都笑了起来，接着他放下手里的瓶子，摇摇晃晃地走了出去……事后张小宝告诉我说，开始他是要酒喝，最后他说:“不吓唬他了，回去睡觉去！”

午后去“三十一叉线”时已经很晚了，但非常幸运，几百只驯鹿都回来了，这么多的驯鹿真是让我大开眼界，也使我在这里的感受达到了顶峰!

在即将离开的时候发现了几个漂亮的桦皮盒子，可惜这时已经用完了胶卷！没办法把它们拍下来，离开的时候总觉得像是缺少点什么。

至此，山上的三个驯鹿饲养点都算草草地去过了，我感觉时间太短，几乎没有喘息的工夫，只是浮光掠影地走了一趟。但是我又觉得很满足，当上车要离开这里的时候，竟感到自己像是“拾荒者”，终于迈出了第一步!

虽然还不知道今后能否再来，但我脑海里已形成了拍摄提纲，并初步计划至少要拍到 150 幅。

付出半个月的无奈等待，赢得了三天的狩猎体验，有幸在鄂伦春族的撮罗子营地宿营，同鄂伦春族人围猎野猪……

古里与鄂伦春族人围猎野猪

1983 年 11 月 3 日—11 月 21 日

▶ 11 月 3 日

火车近十点钟抵达大杨树镇，我背着帆布行李到林业局招待所，准备搭车去古里猎民生产队。

今天正好有一位美籍华人黄先生，由旗长陪同也去古里。但是他们坐小轿车去，已经有人先去古里做安排了。据说，黄先生在美国《国家地理》杂志专搞亚洲少数民族调查，看来他此次来鄂伦春，有些目的与我是相同的。

货车到古里时，天已经黑了。公社在全力以赴地接待黄先生。平时冷清的招待所和食堂，陡然增加了不少人。农村派头的大师傅兴致勃勃地指挥着一群人，其中不少是鄂伦春族妇女——洗鱼弄肉、整理碗筷，忙碌的情景就像办红白喜事一样。我也跟着享受了一顿丰盛的晚餐。

然后我就去找鄂伦春族人铁某。

我和他在今年秋季约好上冬时我来古里参加猎民冬猎。此刻他正在家里暗淡的灯光下独自饮酒，看到我剃得光秃的脑袋时大笑不已，说是“电灯泡”，又非让我喝酒不可。

今天公社安排黄先生拜访了他家，现在他喝得差不多了。看电视图像不好，就胡乱调了一气，反倒不出图像，也没声音了，他老婆当着我的面骂了他一通。

我基本了解到，这时正是猎民等待下雪、准备出猎的时候。至此，我从出来就担心“可能被猎民落下了”的不安心理，终于打消了。但是具体怎样出去，铁某也没和我说清楚。

今天认识了食堂做饭的潘师傅、公社武装部的鄂伦春族人赛林、林政助理铁金、汉族人刘秘书和民政助理张达文。

晚上，我用自己带来的鸭绒被铺好床位，舒舒服服地休息起来。

▶ 11 月 4 日

有两位从旗里来陪同黄先生的工作人员和我同室住宿，谈话内容涉及我拍的图片在北京展览的情况。

黄先生在公社办公室由旗长陪同住宿进餐。早饭在招待所这边吃，有我和内蒙古旅行社的王经理、呼盟外事科李科长，还有一位女同志。本来我想着和他们不是一个工作性质，又念及自己剃的光头和去野外的打扮有些不雅，一番推辞，但是他们非拉着我一同吃饭不可，对我深入猎区生活搞一番事业的刻苦精神给予了很高的评价，这番赞扬让我心里热乎乎的。

他们告诉我，黄先生的设备非常先进，有在风里、水里都能发光的“蜡烛”“水里照相机”，有在寒冷地带不用火就能发热的“化学物质”，其余还有什么先进的睡袋、“吃上一点就能扛饿的食品”，等等。我觉得可惜，黄先生带了这么多足以在北极地区工作的先进设备，然而在这里却发挥不了什么作用。据说，他只看了几个猎民家（也只是给他做做样子），又在早晨做了“探险”准备，专程和猎民出去打了一趟猎，却什么也没有看到。大概也就得到一顶“灭塔哈”帽子吧。

午后招待所食堂又是一席，大概是犒劳接待黄先生的有关人员吧，其中有几位鄂伦春族妇女。餐桌上，大家笑容满面地对着菜肴，一席汉式着装（妇女穿得很整齐），不时说些笑话，引起一场哄笑，那样子看起来真是太开心了！经常出现鄂伦春话（或达斡尔语）以及无拘无束的玩笑、大笑，真有地方特色。我虽然拍了几张照片但是绝对拍不下来那种内在的东西。每当照相机闪光灯一亮，总有人说一声“冒告！”（鄂伦春常用的诙谐口语），接着又是哄堂大笑……

我意识到今天在这里出现非常有好处，等于告诉很多人我是要随猎的，而且这个主题在近几年需要不断深化，因为究竟由谁安排，跟谁出猎，现在还没一点着落呢！今天，我发现闪光灯出故障了。

▶ 11月5日

我一宿睡得很好，鸭绒被很轻，室内空气也很好。早晨照例喝酒，这当然和昨天的剩菜有关，还有肝肉、木耳。

吃过饭，我把行李、相机、镜头放到刘秘书的卷柜里，然后去了供销社，本想买些东西去铁柱家看看，但转念一想，这一去恐怕就走不了了。

于是，我决定先回家换一个闪光灯。

所以，我从供销社出来果断往回走了，这一程也要走四十里，步行这么远是我从来没经历过的，而且路两边是树林，再多想就有些可怕了。所以还是什么也别想，只管一个劲儿地向前走。

三个小时过去了，我终于走到了“反修农场”。这时，我早已是汗流浃背、腿脚麻木、口干舌燥，而且有几分狼狈不堪了。于是径直走进路边的供销社，买了一瓶啤酒，不管三七二十一——咕嘟咕嘟喝了半天，才开始大口喘气，那绝妙的渴望和满足感，在这里得到了最深刻的体验！

本来听说今天有大客车去大杨树，但是经打听才知道，客车已经停运好几天了，而且还没货车，晚上只好在这儿住下。

这是一个破破烂烂的小招待所，冷冷清清的屋里，炉子从四面八方向外挤烟，但是现在这些对我来说好像都无所谓。不管怎样，今天步行四十里，从各方面说都是有意义的：既锻炼了身体，也增强了信心！

实际上，在这儿吃饭的旅客不只我一个人，还有两个住在这里的青年，他们是支援当地推土的拖拉机手。晚上，管理员炒了几个小菜招待他俩，他们又非常热情地把我这个不认识的过路人拉过去共进晚餐。菜虽是一般，但“哥们儿义气”十足，还口口声声叫我“老爷子”，这样被认真地称呼，还是有生以来的第一次。我想他们可能是根据我的光头定的称呼吧。屋子又冷又暗，但是在烈性酒和“哥们儿义气”的氛围里，我披着这件羊皮袄还真是感到热乎呢。

▶ 11月6日

非常幸运，今天大客车通车了。

我挤在人群里，顺利地得到了一个座位。客车到大杨树后刚好停在刘某家门口，我突然想到让他看看闪光灯出了什么毛病。一进门，摆着崭新的红摩托车，再进里屋就是他的门市，屋里有小栏柜，一组书橱把营业的房间点缀得很有些文气，书架上还放着高档录音机。其实，他过去生活得非常困难，常说靠挣苞米面维持生活，真是今非昔比。此人很热情，把我的闪光灯打开，仔细地用酒精擦了腐蚀部分，但还是不能用，看来问题解决不了，还需要回去取一个闪光灯。这中间乱哄哄地来了一群人，称他为“老板”，他们好像搞什么生意做广告，因为我是“老板的客人”，于是也非拉我去用餐，这一餐吃得非常不舒服。快四点，刘某用他的摩托车把我送到火车站，我准备去加格达奇。

▶ 11月9日

我在家住了两天，今天回古里去。同行者有古里的色某。在阿里河时还是阴天，车到齐齐岭，地面上已经落了一层厚雪。我们到大杨树正好搭古里来拉货的卡车回去，一路天气阴沉。

吃完饭，我同色某去铁某家，本来是打听有关出猎的准确情况，却连珠炮似的喝了一瓶酒，并没有弄清这些具体问题。我们出来后，外面正下雪，成了银白的世界。现在，我心里不断地想，这次出来究竟能拍到什么？和谁出去打猎？看来队长也无能为力，我心里愈想愈焦急！

▶ 11月10日

早晨，外面已是北方冬天特有的寒冷。凉气尖刻刮脸。我们到供销社买些东西就去铁柱家，又喝了酒，他们都非常热情。

午后三点，我们回到宿舍，公社关某也正在喝酒，我借此机会正式向公社提出了参加冬猎的要求，希望得到帮助。

谈话中发现马匹是个问题，因为生产队和公社的马都承包给个人了——情况就是这样，既简单又复杂。其间，猎手泰某来了，年约四十岁，身体魁梧，眼睛炯炯有神，他是这里极好的猎手。他约我去他家做客。

一进门，有两位汉族朋友正在做菜，据说是外站护林员，看起来也是狩猎爱好者，菜都是野兽肉。泰某说，他很快要出去打猎，表示我可以跟他同去。但是我想，跟着一个猎手拍照的效果不好，这次我是想拍“猎队”生活，所以没具体和他约定。

近六点，我们又回到宿舍，关某临走时说，明天和生产队研究一下马的问题。但是根据我这几天了解的情况来看，不会有太理想的结果。

夜里狂风大作，电台报告说有六级大风。

▶ 11 月 11 日

昨晚一夜大风，我躺在小火炕上听着外面的风吼，突然想到只有四个孩子在家（他们的母亲出公差了），这样的天气他们会如何？不觉担心起来，为此一夜没能睡好。

早晨外面阴沉沉的，狂风吹着雪花顺着风溜跑。昨天关某说今天九点到生产队研究马的问题，果然刚过九点他就顶着风雪进来了。他告诉我，这样的天气是不可能出发的，就等着吧——毫无办法！我现在真是心灰意冷了。

快到中午，鄂温克族人杜某冒着风雪来找我到他家吃饭。他这么大年纪，在这样的天气，又走了这么远的路，本身就说明了他的诚意。

一进他家院子，只见障子（北方俚语：木栅栏）下面一堆鲜血，铁某在屋里做菜，那堆血是刚杀完鸡留下的。

在酒的作用下，我的心情显得放松不少。后来又进来一胖一瘦两个老头儿。瘦的没钱，胖的养蜂很有钱，据说每年可得八千元，粗糙的皮肤，两只又大又鼓的眼睛，厚墩墩的嘴，都符合民间常说的“福相”。这时虽然已经是残菜了，他酒喝得也不多，但给人的感觉却很有味道，每吃一口菜或喝一口酒都咂巴一下嘴，给人的感觉很有意思。

晚上和色某到公社办公室住，这里静悄悄的，一片漆黑，空气非常新鲜，想到出猎的事，仍感到很茫然。

▶ 11月12日

天有些放晴，雪也停了。上午关某来说，马还是不好找。不过，我听说大杨树镇孟某等五个猎手在山上有个狩猎点，明确表示就去那个点，但是也得有马或者车送我过去，可是现在还没这个条件。

午后色某买了酒，我俩喝了一气。他又领我到前屯找他的达斡尔族朋友玩，我干不了什么事情，也只好和他走。在这里，两个小青年跳“迪斯科”，录音机一响，他们几个就扭肠子转肚子，脚也像抽筋一样在地上蹭，手无目的地乱抓，这情景真使我感到又惊奇又好笑。色某有些喝多了，开始时郑重其事地唱歌，后来不知什么原因，情绪有点反常。晚上回去，我独自一人睡在公社办公室。十几个房间空洞洞的，身边又没有蜡烛和手电，很久不能入睡。

▶ 11月13日

昨夜没休息好，今天感到格外难受。白天我向关某明确提出去孟某的狩猎点，但是谈话中关某总是指出各种困难，什么没马啦，汽车没油啦，没款啦，下雪车过不去啦，等等。我真有些不耐烦，可也知道确实没办法。现在看来只好用铁柱的马，也就是以个人的关系借马。

白天，雪被晒化了，我发现鞋垫很湿，如果这样上山，那就要冻脚了，所以特别到供销社买了鞋垫备用。

今天，整天都不晴朗，我看到零星的几个猎手骑马出去打猎，他们都是在近处，当天去当天回来，晚上，没看到有什么收获。

什么事情也落实不了，在村里也不想拍什么东西，我感到极端寂寞无聊，常常想起家里。我带上山的备用品也只好静静堆放在冒着烟、乱哄哄的招待所兼食堂的墙角里。在这里吃饭的只有大师傅、色某和我，每天都很冷清。

▶ 11月14日

我六点多起来，这时候太阳还没出来，可是天边已经浮起红晕。

我拿出相机跑到后山拍古里的炊烟，跑到山顶已经是上气不接下气了。这时，泛红的天边渐渐冒出一个绯红色的小亮条，亮条不断变宽，终于成为一轮红日喷薄而出，金光四射！屋顶上的炊烟也由淡蓝变成金黄，蒸腾而上。面对此景，一扫心中几天来的寂寞无聊之情，又在兴奋中拍了古里远景。

在拍树枝特写时，我发现扳手挂不上快门了，预感“出师

定居的鄂伦春族猎民的屋院

不利”，心中不快。

上午铁柱来，我向他透露了借马的想法，但最后没能定夺。

今天得知，宝某从孟某的狩猎点骑马回来买东西，据说孟某没打着什么东西。午后和食堂结账，这姓潘的家伙没少要，看来带的钱是不够了。

▶ 11月15日

早晨开始下雪，一整天漫天飞雪出不了门，心里实在感到无聊。做饭的潘某很善讲，不过此时倒也觉得很开心。天气预报说，今日气温下降，有中到大雪，心里真有些不寒而栗，再说现在还没出去呢，如果真的出去情况会如何?

晚上铁某来了，醉意下让我给他照全家福，现在就照，随猎的事就不能指望他了。回来时潘某不在，进不去屋，我只好在外面观看宁静的夜色。

▶ 11月16日

又是一整天飞雪。我和宝某说好了跟他去山上的猎点。

午后，铁柱来找我喝酒，烤野猪肉、狗鱼，观外面纷纷扬扬的大雪，也别有一番滋味。

晚上，我和色某冒雪回到宿舍，他有些喝多了，和潘某大叫大闹起来，潘某害怕他，又想吓唬他。色某一会儿哭一会儿闹，又说脚疼，非要用刀割开来看看，吓得我又抢刀又藏刀，闹得半宿没睡好。

我发现这种酒后现象，是平时积累的情绪造成的。潘某平时总想耍花招，治一下他倒也好。

▶ 11月17日

天晴了，路面是厚厚的白雪，走起路来十分困难。今天开始准备带到山上的酒和食品。结算了食堂最后一笔账，我和宝某定好了明天出发的事。马还是借铁柱的，他没有任何条件，但是我答应可以负责马料费用，只是现在钱不够，需要回去再寄。

今天公社干部回来一批，晚上都挤在一个炕上睡觉。几乎头挨着头，开始我把脸仰着睡，睡着了什么情况就不知道了。总的来说今天很高兴，因为明天要上山了！

▶ 11月18日

我刚起来不一会儿，鄂温克族的铁柱就过来帮我把行装背走，到他家吃饭出发。一进屋，桌上备好了酒菜，同桌吃饭的还有这里的李大夫，显然是在为我送行。

吃完饭，我们就到外面弄马。老头儿过去是骑兵，对马熟悉，又比较心细。他用斧子把马掌上的雪咔嚓一声弄下去，拉着马在地上溜着，看是否还有什么其他不适的地方，然后备鞍子，又把我带的两块豆饼和我的行装巧妙地绑在马鞍下面的两侧和后面。

我自己也穿好了布面羊皮大衣、旧狍皮套裤，戴好了线

撮罗子里谈笑风生的猎民

帽、黄手扪子（北方俚语：手套）和绿围脖。我把摄影器材背在身上的兜子里，另外一架相机放胸前的大衣里。这一身“武装”有些臃肿笨拙。

出发前，我仔细地问了这匹马的性子，老头儿告诉我：“不管多么老实的马，都不能松开缰绳！”然后我们合了个影。

不一会儿，宝某全副武装地骑马过来了，马上的口袋装得鼓鼓的，据说有酒、砂糖和其他带到山上的生活用品。出发时，铁柱父子俩在前面帮我抓着缰绳，我艰难地爬到马背上，小心翼翼地和他们作别。

今天特别晴朗，但是气温很低，白雪反射着光芒。几天来的等待、煎熬终于过去了！我心里萌动着难以表述的愉悦。马走得很吃力，由于它不断地移动四肢，造成身体各部位的活动，骑在上面好像随时都要散架子把我掉下来似的。刚开始，我心里总有一种不安和歉意，但是随着路走远了，这种心理也渐渐淡化，继而习惯起来。

据说，我们是向着那都里河在走，这一程要走八九个小时。我的马一直跟在宝某的后面，我从后面默默地看着前面的宝某骑马的轻松姿态，他不住地向两边张望，我知道他是在搜寻猎物，有时还回过头来看看我。

过了一会儿，我感到冻脸了，但是时刻想着“不能松开缰绳”，只能用一只手弄弄帽子，所以只好在愉悦中默默地忍受这第一个到来的痛苦。

我们大约走了两个小时以后，眼前出现了一片较开阔的山岗子地和几列矮房子。阳光下，山坡上色彩鲜艳的农机具在白雪蓝天的衬托下显得格外好看。我们从地头走过去。

以后的很长一段路，两侧基本都是白桦或黑桦林。夕阳快落山的时候，洁白整齐的树干变得更加明亮可爱了。

不久，太阳落山了，周围环境的色调也立刻阴沉下来。这时，马驮着我们走进两山夹谷的密树林里慢慢爬坡。天渐黑了，我的腿经常刮着两侧的树干，耳边也常常响起刮过枯叶而发出的哗啦哗啦声。月亮渐渐出来，月光下，幢幢树影慢慢向后移去。这时，我早已是屁股、腰、腿都疼痛难忍了，但心里依然怀着“愉悦”的心情，默默地忍受着先后到来的各式各样的痛苦，长期忍受后，反倒渐渐麻木了，脑子里面也开始模糊起来。骑在马上摇摇晃晃好像半睡一样，让马自己跟着走。这时，我突然发现我骑马的技术已经有了明显的进步。

爬过山顶，远处依稀可见一条冰河亮带。五点多钟，我们终于走下山林，马又驮着我们哗啦哗啦地走进了河套的杂木林。

不一会儿，眼前突然出现了亮光。走近了，才看清楚是撮罗子里的篝火透过围布发出的亮光，就像一个圆锥形的“大灯笼”。几个模模糊糊的人影在撮罗子外面看我们走近。他们开始用民族语言（鄂伦春语或达斡尔语）说话。

我从马上跳下来，身体僵木，好像拉不直了，腿也一样，冻僵的脚落在地上如同针扎一般地疼。这时，一个人走过来和我简单地用汉语打了招呼，把我骑的马接过去，此时我就像离开了“监狱”，被解放了一般！

初到这里的第一个印象是：朦胧的夜，林木中雪地反射着月光；撮罗子里亮着火光，外面一圈栏杆，旁边模模糊糊拴一群马，地上一堆肉块，树上挂着一些看不清的猎物，还有皮张（北方俚语：皮子）、笼头、枪之类的东西。树枝交错，人影晃动，有种神秘的感觉。

弯腰进到撮罗子里，这里和外面是完全不同的黄色调，地中央跳动着神秘的亮光。篝火上的吊锅吊在中间的一根横木上，横木是顺着进门的方向两头绑在“仙仁”（鄂伦春语：木杆）上的。上面还挂着犴肠子、犴筋、马绊子之类的条状物，在火光照射和烟的笼罩中看着异常古怪。

我被安排在里面“玛鲁席”（鄂伦春语：神位）睡觉。

我自然觉得这是非常友好的安排了。初到这里，对眼前的生活场景感到特别新鲜，本想立刻就拍照（过去就是这样，到地方就拿相机拍照），这次我想先观察一番，多聊天，明天再拍照。

估计今天是阴历十五左右，撮罗子外面月光如水。好久没在这种条件下住宿了，心里似乎有一种“防御”感，睡觉的时候在狍皮被上套了鸭绒被，上面还盖了毯子，充分做了防冻准备。可是睡了一觉又热得受不了，枕头下面好像有耗子嗑东西声，又怎么也睡不着了。

▶ 11 月 19 日

本来我想跟着去驮野猪，但猎手说路不好走，他们白天要打猎，晚上驮回来，叫我在营地休息。

这里的五个猎手均不是职业狩猎者，他们是从猎民发展成工人、干部的，平时有工资收入，但是由于传统的狩猎习惯和爱好，每到狩猎季节，几个人就出来一次，既满足了习惯爱好，又达到了经济目的。在这五个人中，有一位是达斡尔族人。

白天看，这里的环境和我在 1982 年去乌苏门随猎的地方很相似，营地都是在河套的林子里，现在营地上已有不少猎物，差不多能装上一汽车。其中有些狍子没剥皮，这个现象在鄂伦春传统狩猎中不多见。鄂伦春一般是打到狍子立刻剥皮、开腔，切成前腔、后腔驮回来。不剥皮，据我所知，可能是外贸部门专收整只狍子的缘故。看来，传统的狩猎习惯也是随需要而改变的。

只有一个人在的时候，我就胡思乱想的，虽然只有自己踏雪和砍树的声音，但脑子里的世界却远远超出了营地范围……

一种尖嘴小鸟经常飞到肉堆附近吃肉，灵巧可爱，偶尔也飞来几只松鸦鸟，我把照相机换上长焦距镜头偷偷地观察拍照。非常不幸，一对松鸦鸟无辜地死在我的枪下了。其实开始，我只是出于好奇心拿小口径枪瞄着一只松鸦玩，在扣动扳机时心里也是矛盾的，但是偏偏打中了，而另一只鸟，在附近为它的亡友悲哀鸣叫，那声音实在叫人受不了，就索性把它也结束了——否则它太痛苦！

晚上，猎手们回来了，今天效果不佳，只有小吴打了一只小犴，昨天打的野猪也驮回来卸在外面的肉堆上。

今天得知猎手要换营地，说小吴后天回去，问我怎么办。我觉得太突然了，刚来就要走！而我的相机和胶卷情况又不具备再跟他们去很远地方的条件，我决定后天跟小吴回去。

从猎手的交谈中得知，孟某发现一群野猪，撵在一个山上，他们计划明天集体去围猎，我表示想跟着去，他们又说“路太远，不好走，你跟不上”，不过我已下定决心，明天无论如何也要去，毕竟机会难寻。

睡觉前，我信口讲了很多有趣的事，发现他们很爱听，这可能是一种娱乐和休息吧。

今天拍了很多照片。

▶ 11月20日

夜里，尽管撮罗子里的温度和外面相差无几，但是睡在绵乎乎的狍皮被里，既松软又暖和。奇怪的是，在其他比较好的环境里，这种感觉倒很难体会得到。

早晨，我再次要求跟猎手去撵野猪，开始他们还是从前那些话，但是在我不断坚持下，他们也就同意了。

于是有的给我毡袜，有的给我大头鞋，孟某还让我背上一支小口径枪，宝某给我备马鞍子。民族语言我不懂，但我明白，他们叫宝某多照看我一些……

总之，他们对我做了具体安排。我立刻整理行装，除了穿戴之外，更主要的是摄影器材。日本相机有时好用，有时不好用，我还是带上了它。此外，我还带了一个长焦镜头和另一架借来的国产“DF”相机，其余就不带了。营地上六匹马都备好了鞍子，在我看来，这是相当有气势了。

猎罢回到营地

开始出发，孟某骑马在最前面，他的年龄最大，这是理所当然的。我们其余五人，一个跟一个，我在最后，我前面是宝某（我猜他可能是负责照顾我）。可是刚走出营地，突然间，前面的猎手都打马疯狂地向前跑！宝某回头看了我一眼，立刻也向前冲去。我有点不知所措，只好在后面打马紧追。因为平时不骑马，突然要骑马跑，不仅我的神经百分之百地紧张起来，皮肉、内脏也饱尝起难言之苦——憋着小便，屁股猛烈地撞击马鞍！内脏翻腾，猎枪在上面无情地敲打我的背脊，还要保护好胸前的相机，这时我才想到，出猎可真不是件容易事！又一想，也许他们是先“考验”我一下吧？就拼命抓住马缰绳，两腿紧夹马肚子，转瞬间，屁股灼热，疼痛难忍。

不知为什么，前面终于停下来了。猎手们目不转睛地向右侧山坡上看去，这时我才看到山的阴坡上，一只飞速跳跃的狍子，在林子的雪地里蹿过，顿时恍然大悟。宝某一人飞马而去，我也刚要跟去，孟某说：“我们向前走吧。”于是，马速缓和了，紧张的心情也平静下来。不多一会儿，宝某去的山上传来了枪响，大家都不约而同地回头朝枪响的方向看：“打着了！”我们继续默默地向前走。大约又过了一段时间，宝某骑马从后面赶上来，他已经处理完了那只狍子，把它留在山上，待回来时再取。

我们翻过好几道山，穿过几片漂亮的白桦林，最后到了一个山顶，下面是沟塘子。孟某不时地拿出望远镜向山上看，

发现野猪了

几个猎手悄悄地比画着说什么我听不清，我感觉好像是野猪就在这附近了。他们让我和金子（达斡尔族）到下面的地方等着堵截，几个鄂伦春族人在前面分头走开了。终于有了休息的机会，屁股已经磨破了！

我们把马缰绳在树上拴好，金子又在山坡上折了一些树枝铺在雪地上，我们坐在上面等待。

我小声地问他："野猪在哪儿？"他说："一会儿就能从下面的沟塘子跑过来，现在他们撵过去了！"

他把枪从背上拿下来，向下面试验着瞄准。这时我既兴奋，又有些紧张，急忙换上了长焦镜头，把焦距也对到下面的沟塘里。金子又烧了一块桦树皮燎燎枪准星，他说这样瞄准看得清楚。

开始我以为野猪随时都可能出现，几乎是目不转睛地向下看，可是一个多小时过去了，身子也开始冷起来，眼前还是静悄悄的，什么也没有。这时，我注意到金子也像沉思似的，不停地卷烟，他可能也感到奇怪，野猪为什么没来呢?

又过了一会儿，几个猎手从下面骑马走过来，用手向南比画着，说野猪走了！歇也没歇，我们立刻骑马向南走去。

我只觉得翻过一道岭又是一道岭，越过草甸子和封冻的冰沟，钻进密密的桦树林子，却不明白为什么走了这么久还不见野猪的影子。开始的美好想象没有了，只是龇牙咧嘴地想办法，怎么坐鞍子才能减轻屁股上磨破地方的痛苦。最后，马流着一身汗把我们驮到一道高高的山岭上。

从这里向下看，群山都在脚下，嫩江（嫩江上游）也只是一条细小的河流，我们从这里牵马下去。突然，前面的草丛里蹿出四只狍子，露着白屁股一跳一跳地跑远了！我们到了嫩江边，江对面就是黑龙江省，那边有几个房子的小林落，还有麦地。

之后便往回走了。我们绕过一座山，猎手们都神秘地向山上看，轻轻地比画着，金子小声告诉我："野猪在这座山上！"

这时候，我好像体会到猎手们经过翻山越岭、长途跋涉的辛苦，渐渐摸近了有巨大诱惑力的猎物后，那种小心的又眼巴巴的复杂心情。可我自己，却没抱什么希望，想着可能还像上次那样吧！

他们让我和金子在这山上等，这倒是个非常好的休息机

这只野猪还活着呢

会，因为屁股确实破了，常常粘在裤子上，我和金子互相照了相。大约过了四十分钟，突然前面传来一声枪响，接着就是连响数枪，金子兴奋地说：“打着了，你肯定能拍到野猪！”

我们立刻骑马到坡顶上，往下看。这时，灿烂的阳光钻出了乌云，沐浴在阳光下的远山变成了金色。

突然，金子打马向下跑去，开始我不知什么原因，但不久就看到了野猪和猎手们。吴某的双手已被鲜血染红，正从一只开了膛的野猪身上向外掏内脏。不远的地方，孟某拿着枪看着一只还没死却又爬不起来的大野猪！还有一只被打死的野猪倒在树丛里。这场面真令我激动不已，好像都能听到自己的心跳声了。我兴奋地找角度拍照，孟某告诉我，离活野猪远点，又让我用小口径枪打……我拍了挣扎的野猪，以及猎手们处理野猪的过程，最后胶卷都用完了——非常可惜，一个壮观的猎归场面不能拍了！

我们启程不久，天就黑下来。在月色里，猎队穿林越岭，我也紧跟前面模糊的猎队，约六点返回营地。

我发现今天是猎手们最高兴的一天了。在营地上，我又拍了篝火和猎手们吃生肝的镜头，对一天的拍照感到很满意！但磨破处的疼痛，仍然让我难以入睡。

► 11月21日

明天我就要回去了，来到营地仅三天多的时间，却为此付出了等待十五天的代价。尽管如此，我也觉得很开心……

*1984*年*3*月中旬，还是春寒料峭的时候，我又一次来到敖鲁古雅鄂温克民族乡。这次除了带照相机外，我还带来了简单的行装，目标是走进他们的生活。

终于，本地鄂温克族副乡长果斯克热心地把我介绍给他的岳父家，为我深入了解他们的生活打开了大门。

住进饲养驯鹿的鄂温克族人的帐篷

1984年3月17日—4月30日

▶ 3月17日

上午，我随检查团十多人到九公里外的猎民点，随团有几位女性，有她们从中调节气氛很热闹。

驯鹿都出去了，撮罗子四周是空荡荡的林木，地上印着杂乱的驯鹿蹄印，环境并不是很有意思，来的人们照例都要挤在撮罗子里坐坐，我想，他们一是体察民情，另外也是领略一下鄂温克族人的原始住屋。他们在里面席地坐一圈，简单地嚼嚼列巴，喝一喝篝火烧的开水，不住地四面张望。我估计是在体会。

在外面的视察也很简单，大多是把手拧在背后，几个人"指点江山"。等待驯鹿回来的时候，有几个人用小口径枪打树上的松鸦玩，可惜，被打伤了它还是不下来，害得七八个人在树下乱喊一通，又是抛棍子，又是扔雪块，最后还动用了某位的防身手枪……

午后去马克西姆点，这里只是一个撮罗子，仍然没什么太多好看的地方，但是意外地在随团老张的协助下，拍了马克西姆全副猎装的镜头——穿鹿皮夹克，背枪，挎刀，身后有背夹子，脚穿滑雪板，领狗，非常典型的猎民形象！

晚上吃饭的时候，阿索和我接触较多，答应找车送我上山，他的胳膊绕过我的胳膊，脸挨着脸，我俩喝了"交杯酒"。

小猎手

► 3 月 18 日

本来说好上午有车上山，但是车又坏了，利用等车的时间，我拍了乡政府向检查团汇报工作的镜头，然后又去猎业队找赵队长了解猎民情况。此人很精干，似乎能理解我在这里的处境。我请他派一位熟悉猎民生活的人陪我一同上山。回来到派出所得到阿卜的支持，冲出这些天拍的黑白卷，看起来没什么理想的镜头。午后一点，终于出发了，这时心里才好像一块石头落了地，我体会到这是和阿索的“友谊效应”，否则还不知道怎样上山呢！同车去的有猎民姑娘小莲，她是山上猎点的，此去是让山上的父亲（老猎民）回乡开会，还有专程陪我去的小个子年轻人小张，他穿着一件黑色劳动保护皮袄。

我们可以在山上住两天，然后坐乡里来接人的汽车返回去。

面包车一直沿着公路疾行，车窗外面灰色的树林、皑皑的白雪，点缀着绿色的樟子松，这是大兴安岭北坡常有的景致。三个多小时以后，汽车把我们放在一片树林边缘的雪地上。

从这里到猎民点，还要步行三个多小时，开始我有点不以为意。我们分别拿上从车里卸下的东西；我背自己的行装，小张帮我提摄影箱，小莲挎个精致的塑料背包，还有给山上捎的一面袋烟叶。庞大的行李压得我只能低着头跟在小莲的后面，眼睛只能看着她留在雪地上的一个个高跟鞋印。她很少讲话，只管在前面走，不一会儿就把手里拿的面袋子随便向路边的雪里一扔，头也不回地说："明天叫他们自己来拿吧！"很有山里人的劲头！可是我愈走愈感到包袱往下沉，虚汗不断地往外冒，热得我不得不解开了衣扣，最后又摘掉帽子、围脖、手套。

翻过山就是黑龙江省的呼中区了，羊肠小道顺着山势蜿蜒起伏，两侧是灰蒙蒙的林子。五点多钟，天空有些暗了，一片树上呆呆地落着几只乌鸡（也叫树鸡），月亮渐渐升上来，山野更显得宁静而美丽——这些只能在心里默默地欣赏……

走了三个多小时，终于听到远处传来轻微的狗叫声，又走了很长一段路才看到夜空下黝黑的树林里有几处火光，不知是几条狗，一齐热烈地吠起来。

我们紧跟着小莲走近一个模糊的撮罗子，进到里面，地上燃着篝火，有的人坐在地上，火上吊的锅里煮着什么，翻滚着的白气和烟搅和在一起，不断地向上升腾。不一会儿，进来好几个人，我注意到他们都是熟练地掀开门帘哈着腰进到撮罗子里，长期在野外生活使他们的头发和衣服有些不整，脸色黑红，跳动的火光不断地变化着他们脸上的光影。

在这里，特殊的环境和听不懂的语言，使我感到神秘，内心十分激动。

不管遇见谁，我都用"阿亚""道劳"（你好）问候，大家也都用这样的话来回答我。

我被让到靠里边的鹿皮上坐，人们自然地围着篝火在地上坐成一个圈子。来之前，我准备了酒和糖，按照山上的习惯，我把倒满的酒首先敬给了年龄最大的老人，他接过酒并没立刻喝，而是先向火堆里倒一点，然后才喝，又递给我，我把酒递给了阿安，阿安也同样向火上倒了一点，接着就按照座位的顺序一个一个地轮着喝起来。

我是口渴得要命，急着喝了一些水，也吃了东西，并急不可耐地拍了照片。

我感到气氛相当好，一瓶酒喝完了，又来一瓶，小张给我做翻译，这时女主人也说话了，告诉我刚打到三只鹿，去了七天，她也一同去了。

我们在酒意下互相比画着谈打猎的过程，我的脑海里不断地出现他们打鹿的景象。他们说 20 号以后还要去，并且说我也可以跟着去。为此，我真是激动不已！

睡觉是在阿安的帐篷里，一个毫无保险措施的单层帐篷，面积比撮罗子小，有七八平方米，地中央支一个方形铁炉子，点着火也很暖和。

阿安四十九岁，可是看上去比他的实际年龄大很多，头发灰白，有点像干草那样僵硬，满脸皱纹，但是他很幽默，有时说几句俄语，又因为喝了些酒，不时地开玩笑。

他把自己用松木搭的床位让给我住，这张床是在地面上搪两块横木，再用松木排起来的。他和小张睡在地面皮子上。

我由于喝了茶水，和初到这样的环境里住宿，大半宿不能入睡，在不平的松木上来回翻身，大约在早晨四点才开始入睡。

▶ 3月19日

早晨的光线从外面射进来，地上轻轻地覆了一层白霜，桶里的水和昨天的剩饭也都冻成了冰。

七点多还没点火，我就独自起来到外面看看环境。四周是静静的灰白色山和树，昨晚我们先去的那个撮罗子，已经点着火冒烟了，但外面还没有人出来活动，鹿群里偶尔有几声鹿铃响，景致让人感到荒芜孤寂。

白天再看，从摄影角度来说，与我原来想象的画面有一定距离。首先感到人太少，很难反映一个民族的群体精神；其次，作为一个历史上很有特点的狩猎民族，现在穿的衣服也没有什么特色。我有些不知如何是好，随便地在撮罗子里拍了妇女熟皮子[③]，又在外面拍了小猎手，以及周围的生活环境。

老年妇女们总是忙来忙去的，不是在地上熟皮子，就是

---

③ 指把刚剥下的牛羊皮子鞣制。

在篝火旁烤列巴，其他没什么事做时，都待在帐篷里。

在另一个帐篷里住着一个姑娘和一个少年，地上围着铁炉子，简单地搭了几个铺位，上面零乱地铺些皮张，和他们惯熟的两只犬不是在铺上趴着，就是跳来跳去地和他们嬉闹，大尾巴常常扫过他们的脸面。谁要是休息，就躺在这样的铺上把脸蒙在棉袄里。但是，在这偏僻之地却有录音机、高跟鞋、化妆品、新式小口径枪、牛仔裤、卡童卡（连环画）。

晚上，帐篷外面满天星斗。我们在帐篷里烤鹿肉和灰鼠子（今天不敢喝茶水），倒是别有一番情趣。

► 3 月 20 日

昨天晚上阿安就说今天早点起，结果太阳老高了他还没动静，快八点起来时，根本没有什么要早走的意思了。吃了烤鹿肉，也喝了奶茶，外面阳光灿烂，鹿群回来了，这么大的鹿群，场面很是壮观。

我用变焦镜头找合适的地点拍后面的雪山，前面有撮罗子和鹿群的镜头，对这个场面我感到十分满意，不知不觉地拍多了一些。在镜头里，我看到几个妇女在鹿群里走来走去地挑选能驮东西的驯鹿，又匆匆忙忙地把筋和一些小皮张从撮罗子里拿出来，放到皮口袋里……

十一点多又吃饭，阿安把我已经打好了的行装重新打开，灵巧地分成两部分，他这样做是为了能驮在驯鹿上。

在外面，我拍了他装鞍子和往驯鹿上驮东西的镜头。

猎手阿安和驯鹿

本来我一直在等待大家同时出发的时刻，想拍一张有气氛的鹿队场面，可是还没等我们弄完，两个老太太早已牵着驮好东西的驯鹿匆匆地走进了树林（也不知道老头儿是什么时候走的）。不久，我和阿安也走过去，可是他们早走得无影无踪了。

阿安牵两只鹿，一只驮我的行装，另一只驮鹿肉和鹿角，他打着裹腿，背着枪和挎刀，一只手拿着砍刀，在森林里很有气场！我前后左右地拍了几张。路途中看到一座废弃的撮罗子木架，不知是什么时候，谁在这里住过的。

大约走了三个小时，我们就到了来时下车的那个地方。乡里来的汽车已经等在那里，老太太、驯鹿和猎犬也不知是什么时候到的，看来早都解除了倦意。两个老太太是专门为牵驯鹿来的，一会儿她们还要牵回去。

▶ 3月21日

清晨起来，我准备拍敖乡的早晨，可是穿上衣服一看，外面正飘着雪花。吃过早饭，天晴了，到山上看看远景，回来碰到阿索，他说要去旗里开会，并且说老头儿（他岳父）准备安排个猎鹿的场面让我拍，当然是要等开完会回来，五六天后。本来因为带来的胶卷不多，我已无意再拍什么，可是既然给我安排了一个狩猎的机会，对我来说真可谓千载难逢，所以，还是先不去漠河，我决心利用他们开会这段时间回去取胶卷。

火车应该是午后两点开，结果快六点才开出。车厢里人很少，座位几乎都空着。快到金河的时候，阿索随着火车的摇摆从车厢的一头走过来，表示回来好好研究（指明年乡里的庆祝活动），并一再称赞我的行为，说我是"民族英雄"。他虽然有几分醉意，但感情里流露着淳朴真实的情谊。

午夜一点到伊图里河，我住在站内知青招待所简陋的小屋里，没有暖气，一宿就被冻成"团长"了。胶卷已从满归邮走。拍摄的内容有：敖鲁古雅，马爬犁，学校儿童，检查团在撮罗子，全副武装的马克西姆，撮罗子和驯鹿，鄂温克族老太太做皮活，少年和驯鹿，小猎手，撮罗子里的篝火，驮运的驯鹿。

▶ 3月25日

早晨再次上车，我又带了三个胶卷。近些天下大雪，气温下降，外面是一片银白世界。我在路上读《中国古代北方各族简史》，到伊图里河又住站内知青旅社。

午后到街里走走，我感到这个山城确实寂寞冷淡，由此想到我们久居离此不远的家，过路人也可能是这样的感觉吧？

小旅店只有我和另一位旅客，显得格外冷清，从窗子里可以看到站内隆隆过往的火车，不由得想起父亲曾在这段铁路工作的情景。午后给正清兄写信。

▶ 3月26日

上次在这个旅店冻成“团长”，这回干脆睡觉不脱衣服了。大约凌晨两点就有人起来，我于四点上路，这时仍是夜色笼罩的站区，红、绿、紫色信号灯放着神秘的光亮。车内暖和，正好读书。

车过阿龙山，据说附近有海拔较高的一座大山，当夏初万山变绿的时候，山上还有白雪，景致十分壮观。我从车上观察，从塔朗空车站附近向满归方向看，山的效果较好，拟今年6月中旬再来拍摄。

回到乡里静悄悄，去旗里开会的还没回来。这样看来，如果没有其他变化，我估计最早也得28号才能上山。从现在开始就得等待了。

▶ 3月27日

一整天没出门，有些感冒，嗓子发炎，看书。招待所的玻璃被酒鬼打坏了，昨晚只有我一个人住宿，但没什么动静。

据说阿索回来了，看明天情况怎样。

▶ 3月28日

感冒严重，上呼吸道感染。去阅览室翻翻杂志，顺带打听这几天有没有上山去的人。午后看到阿索，他说老头儿还要等几天才能上山，这意味着我还得再等几天，而且不清楚接下来还会出现什么枝节，内心烦闷，继续读《中国古代北方各族简史》。

▶ 3月29日

上呼吸道感染严重，浑身不适，如果真的现在上山，身体恐怕是支撑不了。从昨天开始借阅览室杂志解闷，好像阅览室作为猎民文化活动的一部分应该拍一拍，但是没有几个读者。出来在附近看到一个小房，很有些北方林区特色，正思索着要有个马爬犁就太好了，真巧，过来一个，请他在指定路线跑了一下拍下来……

我在这里就像进入了避风港，不管其他任何事，每日感到寂寞孤独，脑海里常常闪过人生、家庭、孩子等一系列的问题，看起来仍有一定的困难。

▶ 3月30日

读书，以排无聊。午后看到阿索，据说老太太（他岳母）已从山上下来，我问他老头儿是否马上回去，他说：“对了！”但后来又自言自语说，“要开车往下面打鹿去！”（当然不带我。）我诧异了：“不是已经说好我和他们上山打鹿吗？怎么这会儿老头儿又单独行动了？”

阿索说：“搬家了，离原来的地方远。”同时又说，“老头儿也不一定能去打猎了，因为老头儿说‘阿索去，他才去’。”

这样一来我的希望又泡汤了！已经白白等了这么多天！倘要再等下去，恐怕还会如此吧？我的心情顿时暗淡下来，越发感到世事变化无常。最后，阿索又说还要筹备猎民大会。那就是说，即使我不拍打鹿，也没车送我走了！我的心情极不好，只好看点东西。

但是，既然已经来了，又等了那么多天，就不应该简单放过一切可以争取的机会，我想，无论如何也要争取一下！看来这个时候是需要果断和决心了。

▶ 3月31日

今天结账，花掉近40元，看来旅费也不太充分，但无论如何也要争取达到目的。据说老太太明天就要回山，刚才我又和阿索重复了上山的要求，以及拍打猎场面的必要性，他说回去商量，说问题是时间，这番话又使我感到很“朦胧”。

因为这些天常能翻翻杂志，觉得有事情做，但孤寂、思想纷乱，再看些悲凉情调的作品，心情似乎更糟！

今天上级团委来了一些人，很有青年人的朝气蓬勃的劲头，晚餐在隔壁，又是敬酒，又是歌唱，还有乡村式的舞会，感到他们玩得格外尽兴。散场后，我见到了随团采访的画报社方记者，据说明天能上山，为此我已等了六天！

▶ 4月1日

早晨醒来后，我正躺在床上看书，阿索领着儿子进来，半开玩笑地大声“宣布”：“顾德清同志，去我家吃手扒肉！”我立刻意识到是商量今天怎样出发的问题，心里异常激动。

到他家门前，我不敢直入其内，知道他家的狗最厉害。可前屋一点动静也没有，只好在外面喊，后来阿索终于从屋里出来把我领进去。一进门，首先发现在西侧门里，老猎民正在整装，一只毛茸茸的大狗虎视眈眈地趴在地上，阿索看到我手里拿的酒，很快把它拿走，我知道这是家里人怕老头儿见到，控制不了喝多的缘故。在后屋里，老太太也准备好了行装，她的汉话说不好，但脸上挂着友好的微笑，锅里煮着好几大块肉，架子上还有不少鲜肉，阿索说这些肉就是他开车把老头儿送到山上打的。

眼前的情景不禁使我感受到鄂温克族猎民的生活，而且我也说不清为什么，下意识地想到了爱斯基摩人（因纽特人）、楚克奇人、阿留申人、雅库特人。

不一会儿，阿索盛出一盆肉，热气腾腾地冒着蒸气。他麻利地用一把尖角弧形的刀片割，并且问我："有血筋的习惯吗？"意思是说，不完全煮熟的能吃吗？这时，阿索的妻子拿出酒瓶，阿索倒了两大杯酒，一杯给他岳父，一杯给我，而他自己则用一个小杯。他把我让到一个比较重要的座位上，说："咱们就用手拿着吃吧！"我们拿肉蘸着碗里的一种灰色的酱吃，开始，我对这种颜色的大酱感觉不算好，可是到嘴里才发现是芝麻酱，味道还相当不错！阿索不时地用刀拉下一些肉扔在盆里，我们也都喝了酒。此间，阿索和老头，屋里的人都一边吃肉一边说鄂温克话，我也大致知道他们是在说关于我的事，最后阿索用汉话对我说，他向岳父、岳母、姑姑（妻子懂汉话）介绍了我在这里的工作意义，说我拍的照片在北京展览过，报刊上也发表了很多，领导重视（指乌兰夫也看过），所以在这里也应该多支持我的工作！

他的这番话使我非常感动，意外地懂得了等待六天的非凡意义！

因为喝了点酒，讲话比开始热烈了，鄂温克话我听不懂，只能是观察。老头儿态度平和，说话音调低，但节奏很快，有点结巴。我发现，他虽然是常在山上生活的老猎民，可是皮肤并不粗糙，整个脸形较细，尖鼻子，一绺头发耷拉下来垂在两眉之间，形象有点滑稽。

吃完饭我先回去整理东西，几天的愁云散了，有一句诗正好能表达我此时的心情——山重水复疑无路，柳暗花明又一村！

过了一会儿，阿索来了。于是，一辆小小的吉普车，满满地装了我们大大小小九个人，阿索开车。他把我拉到前面的独立位置上——这对我是“优待位置”！

外面正是融雪的世界，车轮轧过残雪，也常溅起水花，迎面不时地驶过运材汽车，约二十分钟就到了满归镇。这完全是汉族特点的林区小镇，车窗外闪过拥挤不堪的住房、街道上匆匆拉车的行人、买卖的小摊……我在一个小商店里买了些糖和酒，汽车很快驶过小镇，又走上了孟贵公路。

从满归到狩猎点一共五十五公里，汽车跑两个多小时。

快到达的时候，前轮自动系统出了故障，发出“滋溜滋溜”的响声，阿索立即停车，检查后发现是轴承发热，取出工具处理，看他这时候的样子，谁也不会想到他是当地的“土著”。汽车发动后不久，就进入林中深雪的荒路。阿索不停地左右紧急调整方向盘，汽车仍像船一样，在耀眼的雪中摇摆，忽左忽右地前进。走了不远，雪地里突然出现一位满脸污垢、身上背着小口径枪的少年。他挤上车来，汽车又走了一会儿，好像看到四不像了，雪地上印着密密麻麻的蹄印——快到狩猎点了。

一会儿，车停了，狩猎点在下面的林子里，大约还有二里地。

雪深至膝盖，通到狩猎点上的路已被踩出一条窄窄的雪沟，人们只能在里面老老实实地向前走，下面高低不平，走起路来一滑一晃。我自己背行李包跟着阿安走，他帮我提摄影箱，先进了他的帐篷，在这里吃了手扒肉，也喝了几口酒，然后去另一个仙仁柱。

阿索、老头儿、老太太都在这里，人很多。除了老一辈，还有姑娘、儿子、女婿，物资也比较丰富。我一进去就被让到里面的“正席”，即玛鲁席西侧，主人立刻推过来鹿肉和刀子，老太太倒过一杯浓茶，并且用盘托着（这可能是受俄式风俗影响），老头儿双手递过酒。在这里，虽然仍是撮罗子，但是我能感到是在一个德高望重的大户人家里做客，这时又端来一盘生鹿肝、一小碗盐，大家都用手拿生鹿肝蘸盐吃，我也同样吃了几块（没有生狍肝好吃），阿索不时地盯着我，看我的反应。

他们都说鄂温克话，阿索告诉我，老头儿被我的精神感动了，说一定要创造好条件给我拍照，把我的工作看成党的事业，并且说看我就不像是汉人，以为我是少数民族。他还说，这两天就开始打列巴（准备出去带的干粮），盐（是指出猎时驯鹿吃的盐）还不太够，下次来车把盐送上来。

现在我真是陶醉了，几天来，克服种种困难，忍受着委屈和寂寞，不正是为了实现狩猎的理想和愿望吗？！

围着篝火一圈坐了很多人，有四位老太太（大多扎着俄式三角头巾），老太太也不时倒过酒来。我看着猎民熟练地用刀从下面往上拉嘴里叼着的鹿肉，并且观察逆光下猎民的侧面身形——前额和枕骨比较大，加之稍稍前弓的背部，好像这是鄂温克族猎民常有的基本形象。

老太太也在那边喝酒，吃鹿肉，在撮罗子里模糊的光线下，动作和脸型都显得很生动。非常可惜，这样的场景在如此光线不能用相机拍下来。

下午四点多，外面的阳光有些偏黄，雪地熠熠发光，这时我们送走了阿索。

这里一共有两个帐篷、一个撮罗子。撮罗子是老头儿和老太太（这个点上的头儿）住的，另一个帐篷住老头儿的姑娘和儿子，再一个帐篷里是阿安等好几家临时一块儿住，我被安排在这个帐篷里，算我一共六人。大家都是坐在地上，出来进去屁股几乎都要擦到脸上了。

入夜，帐篷里铁炉子烧得暖烘烘，蜡烛发着令人感到温暖的黄橙色的光，外面黝黑的林子里，暗蓝色的夜空闪烁着星光。

由于午后连续喝酒，这时阿安有些醉了，低垂着头坐在地上，嘴里不知在说什么，还常常捏着拳头好像要打什么。我去另一个撮罗子里，听晚上的《新闻联播》节目。回来的时候，看到靠里面地上铺了一块大鹿皮，这是给我用的。我把带来的鸭绒被和狍子被在上面展开、铺好，躺下来感觉很舒服，尤其是空气新鲜。可是，不一会儿就感受到了从帐篷布下面吹进来的北风，冷飕飕的，脸冻得受不了啦，赶快又起来找些东西堵上。我睡的两侧是阿安和小景，三个老太太睡在一进门的两侧，都是在地上铺点皮子，被子是乡里发给的蓝色鸭绒睡袋，有的也盖毯子。不一会儿，我听到门口的老太太往炉子里又放了些木柴，吹了灯。

不久，我就感到腰很疼，我明白，这是地面凸凹不平的缘故。

早晨醒来发现，我已经从开始睡的顶端出溜下来。晨光透过帐篷的缝隙射进几道光柱，炉子早被老太太点着火了，靠着我的背部暖乎乎的很舒服。

▶ 4月2日

刚起来天还好，树林里不时传来愉快的鸟叫。但是不久就刮起了大风，我们的帐篷常常被风吹得摇摇晃晃，有时帐篷布也被吹翻了过去。阿安弯着腰，小心地绕过坐在地上的人和盆碗，出去把它弄好。现在他已完全过了昨天的酒劲，重又恢复了微笑和幽默。妇女们用炉子烤列巴，这是准备狩猎带的食品，要烤很多。为此，我们几个男的，从树林里扛

玛丽亚·索在撮罗子里烤列巴

来一些烧柴，小景用斧子把它们砍成一截一截的，然后从中间劈开，把这些烧柴码在帐篷前。

撮罗子里，老拉的头上扎了圈毛巾，一声不响地蜷缩着腿，侧着身子躺在篝火旁的熊皮上，看来是昨天喝酒的后果，他显得很不舒服。老伴坐在他旁边用篝火烤列巴（也是为了打猎准备的列巴），烟火熏烤着，她眯起眼睛，不时地用手遮挡着火光，有时她突然大声向老头儿说些什么，我感到她是在生气。在这里，我拍了烤列巴的镜头。

▶ 4月3日

起来不久天就阴了，又逐渐飘起了雪花，森林里呈现一片银灰色。午后，猎业队汽车按约送盐上来，这是准备出猎时给驯鹿带的。同车上来一些人，毫无例外地带来一些酒，一时好不热闹，随之酒精引起的兴奋也显现出来。

因为大家都喝了酒，取盐的活动就由我和一位姑娘去完成，我们先是顺着公路往回拖，到林子里又用四不像驮，当把盐送到老拉的撮罗子时，老拉还布置了明天出发的准备工作。可是不久，帐篷里的事情就愈来愈麻烦了：小景已经完全喝醉，其余的人处于酒后的迷糊之中。阿安还在进酒，和小唐争执着什么，看样子十分生气，又不断地往手里吐唾沫，咬牙，语调很高。随着酒的持续入口，愤怒就更明显了，阿安踉踉跄跄走到帐篷角落里，在一堆杂物中翻出一些东西使劲地抛出去！估计是对方的东西，可是对方并不在乎，坐在那里只是嘴里不停地叨咕，阿安自己由于用力过猛，重重摔倒在柴堆上。帐篷里噼噼啪啪的，平时窄狭难以转身，这时就像沸腾了一般，我近在咫尺，却不知如何是好。外面漆黑，也没有其他地方可去，只怕有“不明飞行物”打过来，所以鞋也没敢脱，用鸭绒被紧紧地包裹着身体和头部，躺在角落里“睡觉”，实际是根本睡不着的，耳朵里常常听到跌跌撞撞的摔倒声、抛东西声、呐喊声和歌声。

十点多钟，稍微平静了一会儿，可是阿安还在一口一口地喝酒。这时躺在他脚下的小景醒了，争执的主角也转成了他俩。小景常无意识地转过身来对着我喊“包格道”，并突然掀开被子，仔细往里看，好像不明白里面是什么。这时我大声说“包格道”。凌晨两点左右，住在撮罗子那边的老拉，又光着脚蹑手蹑脚地走进来，他是在老伴熟睡时溜出来的。他的出现，让帐篷里平静了一会儿，所有的人都起来，又围着蜡烛慢慢地传酒喝，气氛是平静而友善的，不时有女人拉着尖细的嗓音说话，像是在安慰劝导“不要喝多了”。可是过了一会儿，哭声、叫声又在帐篷里弥漫开来，一直闹到天亮……

两个老太太很快就搭起的撮罗子

► 4月4日

早晨，帐篷里一片混乱，阿安和小唐两个人还在小型口战，但是双方都显得狼狈不堪，小唐昏软地睡在那里。

我正想随便找点什么充饥，只见阿安从地上的杂物上光着脚爬出去（过量的酒使他无法站起来），又艰难地从树上摘下自己的小口径枪，回来装上子弹摆弄。当时我只想到，若是枪口对着谁就危险了，可是他并没有这个举动，没想到他用赤脚在下面勾动了扳机，而枪口是对着自己！瞬间，我下意识地想到血泊和惨不忍睹的惨状，本能地扫了一眼他那呆滞的脸就跑了出去。

但是他没有打着自己，子弹偏过头部射穿了帐篷！

在外面，更使我感到惊讶的是，住在相邻帐篷里的年轻姑娘和少年，也都出来看发生了什么事情，可是态度平静，脸面上没有任何惊讶和恐惧。

两个老太太在那边搭撮罗子，根本不理帐篷里发生的一切。

老拉的撮罗子那边静悄悄的。

我诚惶诚恐，不知眼前的事情将如何发展。这时大约是八点钟，我不敢回到帐篷里，就在外面帮老太太搭撮罗子，拍搭撮罗子的过程。

快到中午时，帐篷里渐渐平静了，昨天的“英雄”现在有些无精打采，出现了一种激战后的疲劳。在我们吃饭的时候，小唐开始呕吐。

晚上彻底平静了，小唐从外面拿回被抛出去的东西，两人间好像什么也没发生过，没有歉意，更没有敌意，就像睡了一觉，新的一天重新开始了一样。

眼前的情景使我感到，这是世界上最淳朴的一群人。

两位老太太已悄悄地搬到自己的撮罗子里住，新居地面还有一些残雪，她们把树皮、树枝铺在上面，地中央笼着了篝火，但仍显得很冷清。老拉在撮罗子那边又开始害酒后毛病了，头上缠着毛巾躺着。现在，虽然已做好了一切出猎的准备，但是近日不可能出猎，我也只好“既来之，则安之”。

▶ 4 月 5 日

经过一夜的精心雕琢，外面变成了琼花玉树般的晶莹世界，不久刮起了大风，宁静的世界又变成漫天雪雾，迷迷茫茫。我出去拍了几张照就缩着脖子跑回来，在黑洞洞的帐篷里往外观望。风渐渐停了，天空开始真的落起雪花。

我和小英出去打乌鸡，可是艰难地在茫茫大雪里行走，往返七个小时一无所获，疲惫至极。途中发现雪地常有一些小昆虫爬动，真不知它们是如何在这冰冷世界里活下来的。

晚上得到消息，老拉仍不能起来，要我们三个人背夹子出去打猎。显然，来时说的那种“打鹿”场面没有了，而且老拉的女儿说，他爸不出去就打不着，原因是他爸去了可以带狗撵，阿安没有狗就打不着，最后又说阿安是个懒汉，什么也打不着！毫无办法，我只能顺其自然。

▶ 4月6日

天晴了，一只啄木鸟在不远的地方“咚咚”地叨木头，声音清脆悦耳，灿烂的阳光晒着洁白的积雪，雪已慢慢融化了。帐篷里，小景在准备东西，好像要出去，阿安没有行动，因此我也没做出去的准备。

现在每到外面走一趟，鞋就会弄湿，又不好烤干，穿着非常难受，所以我尽量不出去，躲在帐篷里看带来的杂志。

午后去老拉的撮罗子，他还是起不来，老太太已不打列巴了，在另一处半卧，仍是满脸的不高兴。我估计可能还是因为那场酒的“余波”。

老头儿通过阿安用汉语问我有没有裹腿，又把他的裹腿拿给我用。

今天，我在这里发现一个“卫生设施”，老头儿身边有一大团“恩考”（苔藓），他向那上面吐痰，而不随地乱吐，这是我之前没发现的。

▶ 4月7日

天气晴朗，我起来就把被子拿到外面晒。然后和小英到小河沟背化水用的冰块。回来又去撮罗子看老拉，他还是起不来，老太太同样是昨天的表情。由于语言不通，一些事情我不能马上明白，后来听说老拉的精神不好，睡睡觉就好（我估计是酒精中毒），老太太的意思又不让我们出去了，这时候我已经打好裹腿做了出发的准备。

这些天来，小英和我热络了许多。他十二三岁，很聪明，也很顽皮，常和我在一起听音乐，看《铁臂阿童木》的绘本，我跟着他放 7.62 毫米口径步枪，也去他们的帐篷吃饭。和他的接触，解除了我很多内心的烦闷，可是他两个姐姐仍没有过多的语言。

今天我让小英穿上犴皮夹克、套裤，领上狗，在山上拍了“小猎民”，他是骑着驯鹿跑到山上的，一副勇猛形象。山坡上雪深至膝，雪里绿色的樟子松、马尾松生机勃勃，蓝天衬着白雪特别耀眼。我们回来又拍了“猎民姑娘和驯鹿”，今天他们配合得都很好，这可能是感情沟通的结果。

▶ 4月8日

今天我和阿安出去找乌鸡。单程走了三个多小时，三分之一的路程是在没膝深的雪里蹚着走，第一次感到那种难以描述的艰难和烦躁，晚上风又大作，撮罗子那边来人说老头儿精神不好，让阿安去照看一夜。

▶ 4月9日

醒来，外面又是一层厚厚的白雪，据说明天乡里来汽车接猎民回去参加每年一度的“猎民大会”。我心里矛盾重重，现在仍没有达到目的，是否要跟车回去？又听说他们开完会回来“搬迁”，我是否再等等“搬迁”？如果回去再回来是否合适？

▶ 4月10日

外面仍在下雪。据说回乡开会的猎民有二十多人，列席人员近三十人，会期五天，集中伙食，备有酒品，届时亦将举办联欢舞会，猎民已习惯把这个会议视为自己的节日。还听说这次会议解散猎业队是正确的决策，应该由乡政府直接管理。承前启后，继往开来，可能要热闹一番吧！经过左思右想，我决定不回去了，在这里等待他们回来“搬迁”。

午后，这个狩猎点上回去四位，都兴高采烈的样子，阿安和小景今天换上了新洗的衣服。狩猎点上还有一部分人留下来，主要是照看驯鹿，因为人少了，他们也希望我留下来

猎民姑娘

帮助照看驯鹿。我原来住的帐篷，现在只剩下小唐(和我年龄差不多的女性)，所以把我调到年轻人这个帐篷里住，这里走了一个姐姐，还剩下一个妹妹和一个弟弟。

从现在开始，我要等到17号，估计"搬迁"要20号左右，我想，不管怎样，一定要坚持下去！在新帐篷里刚睡下，狗就在我的头上喘粗气，狗爪子有时碰到我的头顶，害得我既不敢喊也不敢动，一宿没睡好。

▶ 4月11日

天晴。我和小英一起上山，在雪地里走了近五个小时，裤腿都湿透了。途中，我脑子里总在想应该写些鄂伦春、鄂温克族风俗类型的文字，也可以比较两者的异同点，不仅是摄影，还要搞点文字吧。

▶ 4月12日

夜里两点，突然被狗叫声吵醒，听到山上有南腔北调的汉话喊叫声和汽车发动机的嗡嗡声，我明显地感到，工人劳动形式的集中、急促、讲究效率。(白天弄明白是满归木器厂利用夜里封冻往外抢运木材。)

天气晴朗，春光明媚，洁白的雪在温暖的阳光下慢慢地融化了，树林里散发着清新的气味。

午后，我用近摄拍了雪下的苔藓以及驯鹿啃吃苔藓的镜头，这是按计划要拍的内容，利用率可能很高。

老头儿的精神已基本恢复正常，本来说今天出去打乌鸡，还要带些简单的露宿工具，后来又说雪化得太厉害出不去了。

▶ 4月13日

午后两点，我和老头儿、小英去“乌鸡圈”打猎，我简单地准备了行装。他俩分别背7.62毫米口径步枪和小口径枪，而且身后都背一个“背夹子”，上面有毯子、毛茸茸的皮子（熊皮）、水壶、铝锅、茶缸、斧子、列巴，老头儿还背着一副滑雪板，小英领着猎犬“乌梯”。

这是鄂温克族的狩猎吗？我在后面观察，拍了照片。但是，这并不是我理想的那种狩猎场面。雪化得非常厉害，脚一踏上去就成了稀糊状，一步一滑，没走几步雪水就浸到鞋里。三个多小时单调而艰难的行程，我脑海里浮想联翩，任凭脚步机械地向前迈动。太阳泛黄，我们走到山上，这里的树木笔直高大，雪也似乎还没怎样融化，脚踏在上面发着嘎吱嘎吱的响声。

突然，一只庞大的乌鸡从我们的头上“噗啦啦”飞过去，落到不远的树上。小英上前几步，一枪击落！我们也就此结束了沉闷的旅行。

在雪地上露营，总有些诗情画意般的浪漫味道。天快黑的时候，篝火点着了，我们在篝火上烧水、烤列巴、烤鞋。天完全黑了，火光显得更亮，近处的树干也被火光照得通亮，我打开闪光灯，边拍照边欣赏。

老头儿在雪地上砍了很多樟子松枝和树叶，我们就在上面睡觉。我和衣钻到狍皮被子里，躺着看月光下的白雪、森林、灌木，小风吹得我鼻子、眼睛凉丝丝的，我不知不觉地睡着了……

夜里两点多钟醒来，此时月色更明，月光下的景致诱人，我顺手拿出相机趴在原地，用双肘支起来拍了“月夜的森林”。这时，篝火还在燃烧，静静的林子里偶然有烧柴蹦跳的“噼啪”声。看着周围的雪景和他俩熟睡的姿态，真是敬佩北方狩猎民族不畏寒冷的精神！五点多钟，有人拨动篝火了，老头儿和小英已经坐起来，在细微的晨风中四处张望，好像是看有没有乌鸡。

吃过列巴，老头儿穿上了滑雪板，父子俩领狗出去打乌鸡，我利用这个时间补写了日记。

突然，离我不到百米的地方响起了“嘎嘎”声，随之，传来乌鸡起落、扇动翅膀的声音。我循声摸过去看，正有一只乌鸡翘着尾巴、张开翅膀在雪地上转圈子呢！那全神贯注和精神抖擞的样子，真像一个“艺术家”在精心表演！

我在树后偷看了它很长时间。

▶ 4月14日

据说，乌鸡“跳舞”是在找配偶。八点多钟，老头真的抱回来一只，小英没打到什么。上午，老头拔完鸡毛就回去了，其实他早晨出去主要是看有没有犴。我和小英继续留住一天。

在露营地拍下的森林月夜

中午和小英领狗出去转转，出去不久，狗从草丛里撵出来一只被小英打落的乌鸡！回来他说自己烤，自己吃。于是他用刀把乌鸡拉开，问我要哪一部位。烤的时候，他又不断地拿起来比较。我瞧这小家伙处处显露着孩子的心理！但是他叫我做什么时，又几乎是“命令”的口气，管我叫“老顾”，自然，一切都得听他的。

他是大脑袋，前后都大，长头发，红红的脸，翘翘的小嘴，细小的眼睛，脸几天也不洗一次，一个典型的小猎民形象……

傍晚，我们又去附近等待乌鸡“跳舞”，刚到不一会儿，就听到“噗啦啦”乌鸡飞来的声音，接着开始了“嘎嘎”的“舞会”。可惜林子太密，看不清乌鸡落在哪里，最后，终于看到一只乌鸡落在附近的秃树上，一动也不动，好像在为“舞会”

站岗，结果被小英一枪打落下来！

天黑了，四周一片寂静。回到营地，他借着篝火，把手从乌鸡的屁股伸进去，掏出里面的内脏……

▶ 4月15日

快到凌晨三点，就听到林子里有轻微而神秘的“嘎嘎”声，五点左右，响声好像在附近。我急忙叫醒小英，他顾不得穿鞋，拿起枪就向前摸去，我发现他虽然年龄很小，但是打猎方面却像成年人那样成熟。但此次不知为什么没打中，可能是看不清目标吧！他回来穿好鞋，又消失在林子里。

太阳出来了，小英从林子里背出一只乌鸡。他说一共打到三只，另外两只受伤的不知落到哪儿了。这里乌鸡多，我们准备明天带点吃的再来。八点多开始往回返，这时的小英领着狗、背着枪，肩膀上挂着乌鸡，真是名副其实的小猎手了！我拍下了照片。

走着走着，狗又竖起耳朵，小英把绳子解开，它边嗅边找，最后找到一只宽尾巴的小花鼠！我忙用长镜头拍，小英又不辞辛苦地把它从树上抓下来装到自己的帽子里。

晚上，阿索开车接回他的岳父、岳母，据说猎民大会期间，会为所有的猎民检查身体。

▶ 4月16日

天晴，上午修理我穿坏的鞋，用鹿筋缝合。老头儿知道我的鞋坏了，把棉鞋留给我上山穿，小英给我配备了一支小口径枪，一个鹿皮绣花子弹袋。午后一点出发。现在山上已有了明显的春意，在短短几天里，雪化掉了一半，有的地方露出了松软的草皮和成片的“牙格达”（一种能吃的野果），有时脚踩上去，果汁会溅出点点粉红色，很诱人食欲。

找到上次的宿营地之后，我们立即准备柴火，不久，天空乌云密布，刮起了大风。我们一边干活，一边随意捡地上的野果子吃。

傍晚，小英打到两只乌鸡，其中一只几乎是落在了小英的头上！刚睡下时风还很大，风向不稳。到了午夜，风停了，开始莫名其妙地下起雨来！好像是头一场霏霏细雨，本来可以有些抒情色彩，可是在这漆黑的森林之地，情况就完全相反了，事先无任何准备，现在欲藏无处，欲走不能，我急忙推小家伙，问他怎么办，他一骨碌爬起来，睡眼惺忪地看了一下夜空，说了句“睡觉”，就又把毯子蒙起来，不管天空下什么！不知什么时候，雨又变成了纷纷扬扬的大雪，被子在逐渐加重！靠近火的一边似乎在融化，我张开一点被缝看，小英也被埋在雪下面，他睡得很香甜。我知道，这时候不能随便起来了，因为一动，被子下面这块唯一的没有雪的地方也要失守，所以就在里面蜷缩着身子，耳朵里听着“唰唰”的飞雪声。只盼快点到天亮！

五点多起来，外面一片通白，篝火已被压熄，狗也从雪里钻出来，我们从雪里翻出东西，马上往回返。雪还在下，途中遇到一个汉族工人帐篷，我们受到热情款待。他们惊讶地问我：“你经常和他们一块儿在外面，没有作病吗？”我说没有，他们惊讶极了。帐篷被风吹得摇摇晃晃。

▶ 4月17日

这几天，狩猎点上比较平静，算上我只有四个人。天气不好，胶卷又只剩一个，只等拍“迁徙”场面了。我发现，鄂温克族老少都笃信“有鬼”，很多人都说自己“看到”过死者，或“听到”过死者的声音再次出现。小英问我敢不敢说“鬼，你来！”，我照说了一遍，他非常惊讶，简直不敢相信我有这么大胆！阿安也曾说过，一个人在山上时，常能听到“哭声”和“笑声”。其实，他们是把一些自然现象产生的错觉和幻觉，与“万物有灵”的原始观念结合在一块儿了。他们还坚守一定的传统习惯，一次，小英让我把一双鞋递给他，我毫不在意地从火上扔过去，没想到他的脸色都有些白了，眼睛圆瞪着问我：“那是我妈的鞋！女人的东西不能从火上过！”他们也不让小孩吃乌鸡心，说小孩吃了乌鸡心长大胆子小。所以这几天打的乌鸡，心肝都叫我吃了。

▶ 4月18日

上午和小英继续进山。

半路，遇到乡里回来的汽车，上面坐着老头儿、老太太，以及开会回来的其他猎民，发现他们的脸都有不同程度的肿胀，神情疲惫。小英被叫上车，要随车回去检查身体。在车上，除了一些米、面、油等食品外，还有几瓶酒。回到点上卸完车，阿安让我进帐篷里喝酒吃乌鸡肉，在山上这是非常实在的慰问。可是继续下去结果如何？我该怎么办？我想还是离开几天好，于是决心一个人也到山上住一住。开始，阿安说："一个人不行，容易出事！"我坚决要求试一试，并希望带上猎狗，又让小英和他妈妈说。最后，他们同意了，告诉我："不要放开狗！"

吃完东西，我带了毛巾、日记本、小口径枪、22发子弹、三个列巴和灰色的猎狗巴拉布什登上了回去的汽车（车上还有其他回去检查身体的猎民，在交叉线处下车分手）。我把狗紧紧地牵在手里，走了一会儿，好像他们几只眼睛还在后面盯着我。我更坚决地领狗向山里走去，心里从来没有像现在这样强烈地希望即刻得到乌鸡！看着山里一片片树和灌木丛，在充沛的阳光下，露出来春天常有的那种微红色，心里不知是舒畅、喜悦，还是激动。没想到，刚拐向山坡，猎狗就突然竖起耳朵，使劲儿往旁边草里挣，没走几步，突然"噗啦啦"飞出几只乌鸡落在树上，我感到心脏提到嗓子眼了，瞄着乌鸡立即开枪。可惜只打下几根羽毛！再想开枪，子弹推不上膛，弄了半天才想起拉大栓退弹壳，可乌鸡已无影无踪！我只好先到山上拴好狗开始弄柴火。一个人露营也要弄些粗大的、能烧时间长的站杆，一根一根砍倒又扛过去，用了很长时间。转眼就到了傍晚，我点着了篝火，把带来的三个列巴先给狗一个，心里只想无论如何也要打到乌鸡！我急忙烧水，吃东西，然后拿枪到上边的“乌鸡圈”等候。冷风习习，林子里静悄悄的，黑夜即将来临。不一会儿，我听到稍远处有一个庞然大物扇着空气从天而降——这是乌鸡！但林子里一片黑，看不清它在哪儿，待它“嘎嘎”叫出声了，我循声找去，果然在一棵树顶上看到了它的身影！此时我心跳得厉害，甚至连呼吸都有点困难了。我偷偷向前摸了几步，“叭叭”两枪——什么也没打着，乌鸡逃之夭夭。这时天已黑下来，我回来把火加旺，烤鞋和裤子。火堆噼啪作响，发着耀眼的光亮，火堆以外的世界黑洞洞的，好像什么也不存在了；拴在附近的狗，两只眼睛发着绿光，可是我不害怕，我想，只要它安静，这里就是安全的。我把黑瞎子皮铺上，盖上了毯子，开始怎么也睡不着，鼻子里总闻到一股驯鹿的腥臊味，后来不知什么时候睡着了。

▶ 4月19日

凌晨三点多，乌鸡已经在那边“嘎嘎”地叫了，立即起来，心里异常紧张地拿着枪，慢慢向前摸去，本想靠近点再打，结果反而给弄跑了！回去吃东西，刚吃了几口，又听到

“嘎嘎”的声音。清脆的响声发着巨大的诱惑，使我再次拿起枪循声而去，果然看到了一只黑色乌鸡落在树顶上，心跳加剧，耳朵里响着“咚咚”的跳动声，我两眼直盯着乌鸡，猫着腰，用树做掩护，慢慢地向前靠近，枪口对上了乌鸡——叭！一枪没动，叭！又一枪没动，第三枪，乌鸡应声而落！顿时心花怒放！赶紧跑过去一看，残雪上一只庞大的乌鸡，那样子是无论如何也飞不了啦，我看着它美丽的黑色羽毛，脖子上闪动着绿光，眼睛上一块大红点，第一次体会到猎获的滋味！有满足，有幸福，还有一种骄傲感！

五点多钟太阳露出来，营地上挂着我打的乌鸡，现在，感到一切都格外美好！中午背上枪又领狗出去转一圈，但是什么也没得。回来感到身体累了，躺在火堆旁沐浴着阳光休息，看着天空上的浮云，听着风吹树的声音好像进了大自然的喧闹世界，不知不觉睡着了。

午后四点再领狗出去，密林子里狗开始主动往一个方向使劲拽，忽然，一只乌鸡“噗啦啦”从草里飞出来落到树上（这时要先把狗拴在一个地方，否则它就会继续撵跑乌鸡）。一连打了五枪，最后它负伤飞跑了，我追了很远也没看到，本想回去领狗往回走，可是狗却使劲向乌鸡飞的方向挣，大约这样挣出五十多米，我感到被它拽得太费劲，就干脆放开了它，在后面慢慢地跟。不料，突然在草丛里发现了一只乌鸡，上前拿起来一摸，体温还热，说明正是刚才被我打中的那只。可是它已经飞过一片林子，又走了百余米，这真是天大的奇迹！我把乌鸡拿起来向空中一扔，狗立刻扑过去咬它一口，看来它也很兴奋，我拍了拍它的头，回来又给它一块列巴表示嘉奖。

傍晚风逐渐大起来，天空乌云滚滚。六点多钟，我又拿起枪去上面等候，树林被风刮得呜呜作响，似乎风声里真有各种音响，这时我想起了阿安说过风声里“鬼哭人叫”，感到很冷，等了一个多小时不见乌鸡的踪影，只好回去了。风更大了，树吼着，晃着，火苗被风吹得转圈跑，木灰和烟呛得我睁不开眼睛，天空更暗了，感到今天比昨天还冷。我在火堆旁用斧子刃把乌鸡屁股先拉开一个口子，然后也把手伸进去掏出里面的内脏，在火上烤乌鸡的心肝吃。现在列巴显得紧张了，但是我不能吃乌鸡，我要把它带回去，让他们看到我的“猎获”！这时，风大得厉害，睡下也感到很冷。九点开始有雪花飘落，接着又变成了雨点！我害怕上次那种情况重演，立即起来，在地上用木棍支起个两尺多高交叉的架子，又把长杆的一头搭在上面，就像儿童玩的“机关枪”，然后拿出一块毯子蒙在上面，成了一个小小的三角“窝棚”。躺在里面风雨是被挡住了，但是去掉了一个毯子，“窝棚”又阻挡了火堆的热辐射，身体反而感到更冷了，没有任何办法，一会儿睡着，一会儿被冻醒……挨到凌晨四点，天还在下零星小雨，我怕雨愈下愈大难走，赶紧起来收拾东西。我把毛巾扎在头上，两只乌鸡拴在一起往肩上一搭，背上枪，领着猎狗往山下走去。

这时大约四点半，天还不太亮，周围树影黑沉沉的。刚走出不远，听到一只乌鸡在雨淋中寂寞地还想叫几下，我摸过去打出了最后一粒子弹，可是它根本不动，我也毫无办法了，背着东西径直往山下走去。

到处是残雪流水，鞋很快就湿透了。

下了山，在一个融雪形成的小溪里洗了脸，最后又干脆洗了洗落在头发上的黑烟。这时，我突然想到，现在，大多数人是在睡觉吧？有谁会在这样僻野的溪水里洗头？但是洗完之后头脑顿时感到异常清醒，头发里凉丝丝的，散发着香皂的气息，精神上也感到很轻松。

▶ 4月20日

快到七点回到“点上”，先去阿安和小景住的帐篷，从外面看，好像没人住似的寂寞，帐篷上的烟筒落在地上，白面还在外面淋着雨水。

帐篷里冷冷清清，一片狼藉，从烟筒孔和布门帘吹进来的雪，成了小小的雪丘，几个空瓶子散乱地倒在地上，看样子两天没烧火了。小景和阿安都用鸭绒被紧紧地裹着头睡觉，我把一只乌鸡留给他们。

到老头的撮罗子里，两位老人正在吃饭，火堆的吊锅里煮着羊肉（从乡里带回的）。他们见到我都笑了——可能是看我安全回来的原因吧！老头问我几个（打几个），我说：“两个，狗非常好！”老头又问我洗脸没有，拿出饭桌、白糖，烤上了列巴，我不管他们是否能够听懂我的汉语，一口气讲了狗撵乌鸡的过程。从他们的微笑和对我的热情上，我感到二位老人对我这次单独出猎很满意，老太太从锅里捞出肉，老头用鄂温克话向老太太说了些什么，我估计是说“包格道来了倒点酒吧！”。老太太也向老头说了些话，可能是“你别喝了！”。所以只给倒了一小碗，其实这已经是破例了，因为这些天老太太一直限制老头喝酒。现在，虽然是在一个阴暗早晨的“原始住屋”里，却体会到实实在在的，只有“家庭”才有的那种温暖……

太疲倦了，我到另一个空帐篷里烧上火，舒舒服服地睡起来。

午后风雪弥漫，气温下降，帐篷被风吹得鼓起来。四点左右，乡里汽车来了，小英和去检查身体的猎民都回来了；同车还上来分配猎民承包驯鹿的工作队员数人，他们立刻开始搭帐篷、搞伙食，一时，点上喧闹起来。

► 4月21日

终于盼来了今天搬家。但是天气不好，时阴时暗，为久盼的“迁徙”蒙上了一层灰蒙蒙的色彩。各家驮东西的驯鹿都从鹿群里找出来，一堆一堆地拴在栏杆旁，要驮的东西也一包一包地用皮条捆好了。撮罗子上的帆布都拿下来，露出里面的伞形支架，昨天来的工作队拆下了刚刚搭起来的帐篷。

这里每家的东西都由自己的驯鹿驮运，所以也是自己忙

迁徙途中

自己的。我住老头家的帐篷，行李就由老头的女儿缚在他们家的驯鹿上，她又给我拿来了她父亲的水靴子，我把自己那双张口的皮靴换下来，高高地挂在树上“留作了纪念”。

我拍了整理东西、驮运和鹿头上的装饰。

这真是一支浩浩荡荡的迁徙队伍，也是我看到每个人都派上用场的时刻。

驯鹿按顺序一头连着一头，五六头一组，最前面打头的是老头的三姑娘，她最能干，因此脸也晒成了黑色，中间的是四姑娘，后面是她们的母亲，最后面就是唐克、叶、达家的了。我赶紧抢拍了几个镜头，被分配和小英在后面赶大片的鹿群，随时把离群的驯鹿赶回到群里，所以迁徙的途中只能是从后面拍照。现在，相机里仅剩二十张左右的胶卷了，因此须谨慎使用。

路很不好走，残雪，泥泞，又不时刮风落雪。有时走进开阔地带，有时钻进松树林里，但无论走到什么地方，都能看到最先出发的老头砍在树上的路标。

大约三小时到达新址，这是一片靠近大山脚下的树林，山脚下有条小溪，环境显得清静幽雅。据说，过去的一个夏季他们曾住过这地方，现在尚有一座遗留的撮罗子木架和残缺的围栏，显示着历史的遗迹。

明天，妇女们还要把剩下的东西驮过来。

▶ 4 月 22 日

天晴，刮风。树被吹得来回晃动，上午为新帐篷弄烧柴。

中午一个人顺着来时的路标往回走，想找一个居高临下的位置等待回来的鹿队，从前面拍一组“迁徙”的镜头。在树林里先遇上往这边来的小景，他背着枪，一副憨厚可爱的样子，蓬乱的头发下面流着汗，吃力地拉着一头刚刚分娩不久的母鹿，后面跟一头身体还不结实的小幼鹿。

小景告诉我：“阿安的胸前都是血！”我问他什么原因搞的，他说不知道，可是昨天他们是在一起过的夜。

……我耐心地在上坡上等待，在大风的陪伴下补写了昨天的日记。突然，林子里传来沙沙的响动声和轻微的铃声，渐渐地，一长队驯鹿驮着东西从林子里出现了，愈来愈近，这是我感到最有森林民族特征的场面之一——风尘仆仆、疾步前进的中老年妇女牵着驯鹿，旁边伴着猎犬；还有端坐在驯鹿之上、扎俄式头巾的老太太——这一切都表现了鄂温克族人的气质，我一口气接连拍了几张，但是队伍前进速度很快，常常走出我的镜头画面……

玛尼走近了告诉我，阿安用小口径枪把自己的右肩打穿了！她把手里牵着的狗交给我，让我领着走。

午后阿安一个人背枪回来了，步履有些蹒跚，脸色青肿，但仍然有说有笑地招呼我到撮罗子里喝酒。我看他上身右侧靠近胳膊处，前后有一黄豆粒大的伤点，还有被子弹穿透的衣服和红色线衣上的血污。他拿东西的手有些发颤，据说，他喝醉了，烧了衣服和子弹。前几天，我听他说过不愿承包驯鹿，不知道是不是这个原因。

► 4月23日

晚上刚要入睡，听到外面有骚动，不一会儿说乡里来人了。这是工作队根据阿安的情况，早晨就派人回乡做了报告，乡里立即派由书记、派出所、医生组成的工作队紧急上山。医生老金先给阿安做了检查，他说，子弹只穿透了肩胛骨，幸好没打到肺和血管，否则就危险了！他在撮罗子里给阿安做了包扎，让他吃两片消炎药，说怕引起铅中毒，并要他回去观察治疗。阿安自己不想回去，大家都给他做工作。

派出所的工作人员以调查了解为主，先后找了小唐、小景、小莲等几个人询问，可是问什么，谁也不知道，只是莫名其妙地笑，也多少流露出些紧张情绪。最后阿安被说服回去了。

本来我也想坐这辆车走，因为地方太挤又留下来。据说后天有车上来。

► 4月24日

今天感到腰腿都疼。只是等明天来车回去了，可是小英又来找我去乌鸡圈，还是和他们一同去，我想尽可能多体会一些鄂温克族生活为好。

这时候山上的雪都退下去了，森林植被裸露，散发着春天的气息。傍晚，只有我打到一只乌鸡，因而心里增加不少兴奋感。晚上燃着篝火，用狍皮被裹着身体，躺在厚厚的树叶杂草上，嗅着大自然的芬芳，仰望天空，心里十分舒畅。

► 4月25日

凌晨三点起来，紧密的林间弥漫着雾气，果然又响起了“嘎嘎”声，小英弯着腰摸过去，一只还没来得及迎来曙光的乌鸡成了他的猎物。

清晨，一个圆圆的、橘红色的太阳透过淡蓝色的林木，在远山边冉冉升起，瞬间，树中雾气迷离，营地上照着暖暖的晨光。

……非常有趣，在我们还没走之前，又一只乌鸡被小英打伤了翅膀。小英用棍子在后面赶着它，迫着它不情愿地走出来。它失去了自由飞翔的能力，但充满了十足的野性，红

小英与受伤的乌鸡

着眼睛，涨鼓着脖子，立起了羽毛，那样子十分可怕，不一会儿就气死了。

回去步行五个小时，可是今天乡里没来车。

夜里肠炎发作，几次出去解手，体会到漆黑的树林里，散发着春天大自然特有的湿润、清新空气，夜空上乌云滚滚，黑黝黝的树林里白色的驯鹿呈现着神秘的浅灰色，它们随着撒尿声音从四面八方跑出来，因此，要一边撒尿一边躲闪它们。

工作队的帐篷里有咳嗽声，外面还有一小堆橘红色的篝火，此刻正是午夜一点钟。

小鹿崽

▶ 4月26日

工作队今天给各家承包的驯鹿烙印号。撮罗子周围点了两堆火，几个队员喊叫着，抓来驯鹿，将烧热的烙铁迅速地在鹿臀上一按，刹那间，一股强烈的浓烟伴着烧毛的味道在空气中扩散。

午后天骤阴，开始刮风飘雪。近些日子正是驯鹿产羔季节，所以女人们都抱着笼子，目不转睛地在外巡视，把临产的驯鹿戴上笼头拴上，把产崽的牵回来，把母鹿遗弃的小鹿崽抱回来，新生的小鹿脖颈上都拴着鲜艳的红绿布条。

搬家和驯鹿产羔的时候，也是妇女最繁忙的时候。

▶ 4月27日

午后从乡里来的人捎来一封家里写给阿索的信，打听我的下落，她们不知道我在什么地方，看来真是到了要走的时刻。据说，30号车上来。

▶ 4月28日

阴，外面下雪，一片银白。空气中有股难闻的腥气，帐篷内更显得阴暗潮湿，和小罗要了块白布缝口袋，把全部胶卷装进去，准备尽早邮出去冲洗。已经没有任何事可干了，常和安老太太聊天，发现她很会喝酒，每次只喝一点点，她知道很多事情。

▶ 4月29日

牙膏、香皂都没有了，估计明天一定来车。

▶ 4月30日

工作队员开始整理行装，分驯鹿肉，把肉用塑料袋包起来。驯鹿是昨天用小口径枪杀死的。

这些大多由力工组成的工作队员，开始大手大脚地忙碌着装自己的麻袋，有的装鹿肉，有的装猫头鹰，有的装松树明子，帐篷内外一片零乱。从帐篷到公路，还得步行四十分钟，所以有的队员在嚷嚷找驯鹿驮行李，有的自己扛。

我的行李是老头家驯鹿驮运的，当时我还不知怎么办，可是他们已经默默地准备好了。这个举动更使我感动至深。

临走前与点上所有人告别，面对这些淳朴的人，真不知说什么好……

在公路上等了很长时间，几乎感到没希望了，汽车才嗡嗡地上来，随车回来几个“五一”节放假的学生，其中一位穿蓝绒衣的孩子，不声不响地递给我一封信，这是家信，看来真是得回家了！

按现在的时间返回满归，无论如何也赶不上当日的火车了，本想到满归住一宿，胶卷邮出去，整顿一下。可是事情非常不凑巧，快五点到满归，火车晚点了，大约还有一个小时才能发车。这时邮局关门了，商店也正要关门，我挤进去匆匆买了牙膏、牙刷、香皂、背心内裤，就背上行装上车站。发现很多人都用异样的眼神看我（可能是形象不佳、衣服不整、行装古怪吧），但是我什么也不管，内心充满胜利的喜悦。

午夜一点到伊图里河，又住进站前的知青旅社，本以为现在能暖和些，没想到，锅炉都不烧了。尽管这样，进房间就脱衣服捉虱子，换上了新买的衬衣，这时我发现，同室的另一位旅客也穿个破裤衩子抖抖索索地钻进了被窝。

▶ 5月1日

去阿里河火车站要午后二点多钟，上午只能是出去走走消磨时光。

"五一"劳动节，山区的城镇，人们在街道上悠闲地走动，路边有几个卖发芽葱和大蒜的，食堂门口几个小伙子在高声叫卖"苹果五毛一斤！"。经过铁路机务段，几个废旧机车大锅炉，锈迹斑斑地歪斜在线路旁，满身密密麻麻的螺丝钉，给人以凄清失落的感觉，一个人顺着线路往伊东走，脑子里常常想到父亲……

伊东大通式商店里乱哄哄的，店员和顾客都在伸脖子看《少林弟子》，可惜兴趣正浓的时候突然停电了。又路过文化宫，有打乒乓球的，另一个乌烟瘴气的屋子里围着一群下棋的，图书员在昏暗的小屋里只顾低头看书——现在我的眼睛看到这些，都觉得有几分新鲜感……

午后三点多上车了，车窗外掠过的柳树爬满了"毛毛狗"，大地和树林显得湿润，只待马上换成绿装了。

列车飞速前进，脱离一个小站上的人群，又迎来一个小站的人群，车厢里南腔北调，脑子里常常想起在山里的生活画面……

我多次来这里以后，被鄂温克族养鹿人视为山上的一员。我与他们共同生活、劳动并拍摄了很多照片。我愈来愈感到搞“饲养驯鹿鄂温克族生活风俗摄影展”的必要和可行，于是就做了一个更细致的拍摄计划，并努力实现。

与养鹿人在山上生活58天

1984年7月19日—9月14日

夏日的鄂温克族猎民妇女

▶ 7月19日

刚刚吃过早饭，阿松进来憨声憨气地找“顾大爷”，说车在外面，汽车是上山锯茸的，已经坐好了一些人。开足马力的汽车在森林中大道上疾行了一个多小时，突然，前方树林里露出几个鄂温克族妇女牵着一群驯鹿，阳光下，叮叮当当的很像一幅轻松优美的图画。可是走近了一看，就不感觉轻松了，妇女们脸上流着汗，蚊虻在周围喧闹，鞋被水泡得湿大，裤腿捋过膝盖，是刚刚蹚过河水向新迁徙点进发。于是我们在此下车，尾随其后，又蹚过一道河，经过一段齐腰深的草丛，进到一片高大的樟子松林里。这里植被茂盛、遮阴蔽日，透过树干看到刚刚搭起来的圆锥体撮罗子和尖顶帐篷，蚊烟缭绕，驯鹿静静地聚在一起，又是一幅美丽的图画！

夏日营地附近的森林

因为我们的到来，点上开始喧闹起来。按这里的习惯，不管是什么人来都会被让到篝火边上坐，喝酒、吃东西，当然，这时也是喝酒的时候，在几个撮罗子里都能看到这样的场面。我毫不例外，也是围着篝火的一员。

可是，由于突然带来这么多酒，点上秩序有些乱了。还没开始锯茸，天空突然变阴，接着就是一场暴雨，后来锯茸的走了，山上剩下的大多是酒后兴奋状态的人，不时有高喊声。傍晚，少年毛西和我到公路边取行李时，顺便把带来的酒藏在树林里，这样可以避免些麻烦。通常，这里的人也是这么做的。毛西帮我藏得很来劲。

这里的孩子对父母酒后的状况了如指掌，又毫无办法，久而久之形成了习惯——“藏酒”，好像是在做游戏了！

晚上我把自己带来的行李拿到小景的撮罗子里，吹起了气垫褥子，随便放在散发着清香的草地上。

夜深了，另几个撮罗子里还有说话声和唱歌声，接着就听到哗啦啦地下起雨来，雨点打在防雨布上，声音愈来愈大，细细的雨丝淋在脸上了，赶紧起来把位置往里挪……头脑里不断地闪现着初到时的印象——淳朴善良的人们、烧酒的炙热、大自然明丽的芬芳、漆黑的雨夜……

驯鹿角

▶ 7月20日

早晨外面还是在下小雨。朦胧中，耳朵里响着早起的妇女们脚踩在草地上发出的沙沙声。一宿虽然没被大雨淋着，但是鸭绒被的表面也是潮乎乎的。早饭以后天晴了些，有不少驯鹿集中在撮罗子附近，我赶紧出去在潮湿的树丛里拍了“夏天的营地”“熏蚊烟”和“鹿茸”——珊瑚般美丽的“贵冠”。现在，人们激动的情绪没有了，鹿群里静静地飘散着蚊烟，点上很寂静。

据说要打猎去，但是驮大东西的驯鹿还没回来，我就是盼望着早点打猎去。

▶ 7月21日

点上的小朋友常到我这儿来玩，在我住的撮罗子里有土刨、毛西、达西三个小孩。他们对我的照相器材和气垫褥子非常感兴趣，打开我的摄影箱围着看，在气垫褥子上蹦跳，问一些我想不到的事情，让我讲故事。

今天我把他们调动起来，帮助我一家一家地找东西拍照，拍了很多鹿鞍子图案。最后拍到拉老头家，原以为不会有什么突破吧，没想到小英在一个精美的桦皮盒里悄悄地拿出两个“玛鲁神”，这是我第一次看到鄂温克神偶（实际是苏联东正教马利亚像），分别装在两个小镜框里，镜框下拴着红色布条。

对于狩猎民族偶像的传说我是早就听说过，有相当神秘

装在桦皮盒里的“玛鲁神”像

树上飞奔的灰鼠

的色彩。现在，我像闯入了禁区，不由自主地紧张起来。我匆匆拍了黑白和彩色照片，猛一抬头，突然见到小莲在向我们这里注视，本来想到另一侧拍些鹿鞍子，终于被她的喊声制止了。

想着今天的收获，心里感到无限轻松。午后又在林子里拍了飞龙、夏季的苔藓。

回来，脸发烧，浑身酸痛，冷得要命。我估计是感冒了，什么也不顾地钻到地上的鸭绒被里，晚上服了镇痛药。又用黑白卷拍了撮罗子里睡觉的场面，这是我早就想拍的镜头。

挤鹿奶

▶ 7月22日

今天阳光非常好。上午和几个小朋友到今春搬家以前我曾住过的点，据说来回要七八十里路。记得那时是一片雪白，我背着个大行装蹚过深雪到了那里。现在已是满目葱茏。遗址上有几根残留的木头架子，被草深深埋在里面。那时我把穿坏的烂鞋挂在树上，现在还原封未动地在那里接受日月的洗礼。我们又爬上当时深雪陪衬着的绿松山坡，现在地面上已是一片灰黄色的苔藓了。在这里拍了森林和天空中的鹰，狗又突然叫起来，我们顺着狗叫的方向发现树上的灰鼠子了！我急忙用相机的望远镜往上看，可惜离地太高，又是极度仰视，形状不觉生动。

一路不是在林子里走，就是遇到暴风雨，山水哗哗作响，冰凉刺骨，野草刮着裸露的皮肤，内心常感到难以忍受。可是鄂温克族小孩总是天真地嬉笑，真是一群大自然之子！

回到住处疲劳已极，衣服湿漉漉的。

黄昏的太阳好像贴在林子边上了，森林里金光灿烂，赶快拿相机拍了挤鹿奶和撮罗子的全景。

▶ 7月23日

上午半阴天，但基本没下雨。近中午太阳出来了，我把被子拿到外面晒，又把撮罗子帆布翻上去，在这里晒“日光浴”，我想放松一下精神。

今天突然发现，在撮罗子里玩的鄂温克族儿童坐在一块儿叽叽喳喳地说汉话，共有七人。原来这些孩子里纯鄂温克族血统的只有三人，其余不是只有爸爸、妈妈之一，就是只有爷爷、奶奶或是姥姥、姥爷之一是鄂温克族人，其婚姻和今后人口发展的情况，由此可以想象。

▶ 7月24日

今天阳光格外强烈。本来估计乡里能来锯茸，然而中午已过，尚没动静。

午后两点，我和小景、谷果斯克领猎犬“巴宝斯”出猎。据说要在外过夜，所以带了简单的行装、炊具、食品。我知道，现在点上没有肉吃了，此行一定寄托了不少人的希望。

走了一个多小时就开始翻山，上山就看到一只小灰鼠迅速地爬到树上，小景轻松地把它击落。小景把这个小小的收获系在“背夹子”上，在后面看那软软的、已经没有生命的躯体，真感到几分可惜。不久天开始有些阴了，狗突然围着一堆烂倒木转圈子嗅，地上一大堆湿木屑，阿谷说这是刚刚被熊扒过的，心里不由紧张起来。又走了一会儿，天开始掉雨点了，其实并不大，可是满山的树叶都发出“哗啦啦”的响声，我赶紧穿上了雨衣保护身体，心里稍觉安然。但是不久，裤子下边就被草和树叶子上的水弄湿。雨又逐渐大起来，可是两位猎手仍然不用随身带的塑料，雨水顺着他们的脸一串串地流下来。这时我们已从山上下来，身边是深深的草丛，下边有哗哗流淌的山水，雨仍然下着，他俩的衣服紧紧地贴在身上，脸色灰白，头发一绺绺地盖在头皮上，缩着身子，真是狼狈不堪，可手却紧紧地抓着背枪的带子，皱紧眉头向前走。

过了沟塘子，我们用身体挤过一片一人多高的杂乱灌木丛，又开始爬进一大片白桦林。这里真是一个奇妙的世界，一片一片的叶子遮挡成一个又暗又绿的棚顶，看不到天空。地上是毛茸茸的嫩草，一棵棵洁白美丽又显得神秘的桦树立于其间，雨水顺着翠绿的树叶滴滴答答地向下流。

快到山顶，雨似乎停了。透过树干，看到远处被太阳照亮了的一层层淡绿色山顶。从这里下去，山势显得陡峭，草地上又是雨水，只好一棵树一棵树地扶着往下走。到了山底，太阳已经完全钻出云层，山中到处水珠晶莹，雾气缭绕。草丛里露出一堆一堆的蘑菇，又是两群飞龙飞过（小景打下两只）。

当我们艰难地走出山谷时，突然发现走错路了！前面莫名其妙地出现了公路。这时天已近晚，身体被雨淋得又冷又湿，我们需要找地方休息准备过夜。

大约顺着公路走出四里地，在一条公路会合处不远有一木桥，下面有座废弃的帐篷架子，他俩可能考虑点火方便，决定在这里安营。但是我看这里杂草丛生，还有烂纸、破布片、罐头瓶之类的垃圾，感觉很不舒服。但还是按着他们的决定拣了些破木板生起火来。天渐渐黑了，小景很快地扒完灰鼠子，在火上用饭盒烤上。

天阴沉沉的，大块的灰色云团在空中浮动，四周是空旷潮湿的树木、野草，真担心下雨，只一件雨衣怎样应付过夜呢？

吃过东西，烤着火，身体感到暖和了一些，篝火以外一片漆黑，身旁的河水哗啦啦地奔腾。

小景帮助我吹上了气垫褥子，我把这块唯一干燥松软的东西拉近火堆旁，穿着还不太干的衣服蜷缩在上面蒙上雨衣。

夜里不知道怎么醒来的，我看到他俩在塑料上蒙着毯子睡得很香。这时，天上已能看到星星。大约一点钟以后，天空有些发白，出现了一钩弯月。

四点多钟，周围起了一片大雾。

▶ 7月25日

真是又冷又潮，所以还不到五点钟我们都起来了，在晨雾中点着了篝火。有飞龙做汤，虽然是太小了一点，但也着实味美！不久，太阳钻出云雾，立刻感到温暖。吃过东西，晒着太阳继续睡觉，这才像得到了真正的休息。

八点钟左右，我们告别了这个营地向山里进发。行了五六里，见到一座只有一个人留守的伐木小工队帐篷，我想，昨天我们要是知道这个地方，该到这里过夜才对。在这里，我们要了一点白面继续向前行。

行了三里来路，遇到三个操赤峰口音的男人用两匹马从山上往下拉套子。这三个人是叔叔领两个侄儿，住在一座破旧的帐篷里。叔叔四十三岁，拿个小烟袋指挥着两个侄儿干活，他们都憨头憨脑的，长着个大鼻子，一看就是从农村出来挣钱的那种人。人很实在，干活、吃饭脸上都沁出无数的小汗珠。在这里，我们受到了款待，喝光了他们两个半瓶酒。我看他一是热情，二是在这深山里，害怕我们的武器。

因为喝了酒，我们出来的目的突然发生了变化，小景问我去哪儿，我正惊讶，还没等明白是什么意思，他就说："回去！"这一突如其来的变化使气氛达到了僵化的程度，阿谷开始愣着眼睛看小景，最后什么话也不说，背上东西，独自领着狗一跛一跛地向山上走去。

我跟小景于晚上五点回到点上。至于小景为什么不去了，他始终没说出来，我一直莫名其妙，也没有人问我们为什么不打猎又回来了。夜里突然下起大雨，一夜没停。这时我真庆幸是回来对了，可是阿谷，一个人在深山里，又怎样应对这场夜雨呢？

撮罗子里的妇女

▶ 7月26日

天阴。傍晚，谷果斯克领狗蹒跚回来，撮罗子里的人都在悄悄地向他张望——“背夹子”是空的（没打到东西）。

我问他夜里下雨怎么应付的，他说：“钻到塑料底下了！”

今天记下几句鄂温克话：

辣布卡阿——草名，可用这种草烧蚊子

饿勒布卡拉特——水草，可食用

色杜——草名，可当茶喝，治胃病

阿尼敖——花，或花纹

阿嘎——爷爷、大爷

俄沃——奶奶、大娘

安那耶——腻烦人

堪达雷——累了

阿拉给——鬼

乌嫩求——高兴

敖考根——行了

昆木汗——鹿

跌格拉——快点

爱昆——啥

阿拉昆——慢点

伊力——在哪儿

尼其沃——没事

木牛斯克——傻子

吴——刮皮工具

俄内克日——走

节营克——小桌子

因克浅——飞龙

▶ 7月27日

夜里，雨点哗啦啦地打在撮罗子上，被子潮湿，盖上觉得热，打开又太冷，温差大，恐怕是得关节病的原因。

没什么可拍的，只好在撮罗子里读写东西。

突然感到自己无论是写东西还是说话，语言都不光彩。今天因为开学走了五个小孩，点上显得安静了不少。乡里还是没来锯茸，只有锯完茸才能搬家，然后才是打猎。

到老拉的撮罗子看看情况，他找搬家的地点去了。此人是这里最好、最老的猎手，这个点上十来口人的“头儿”，选点、打猎全靠他，人们都尊重他，但是他并没有什么特权，只是常因体力欠佳不能准时行动。

我给小景二十元钱到满归买菜，顺便请他邮一封家信。小景高兴地接受了委托，笑嘻嘻的眼睛里闪着光亮。阿安说：“你就等着吧！”当时我不明白这是什么意思。晚上他的确没回来，据说真的用这个钱喝酒了。

▶ 7月28日

时阴时晴。上午帮助扛木头，做“沙棉”（在鹿群里点着火，驱赶蚊虻），突然，大雨如注，衣服湿了，只好躲在撮罗子里喝一杯又热又浓的鹿奶，看外面林子中的雨景。

小景还是没回来。傍晚又阴云密布，雷声滚滚，紧接着就是哗啦啦的雨声。这时候就什么活儿也不能干了，人们都坐在幽暗的撮罗子里，围着地中央只有一点微弱亮光的篝火。

雨水顺着木杆往下流淌，我借着亮赶紧在地上找好能避开雨的位置，钻到被子里，听外面滚滚的雷声。

▶ 7月29日

锯茸仍无音讯。午后拿相机到树林里采蘑菇。在路上拍“牙克达”（一种野果实）的近摄，正在聚精会神之时，突然一阵“吱——吱”声，抬头一看，原来是两只灰鼠在树上追逐。立刻拿相机跑过去，接上长焦增倍镜头观察，可惜因焦距太长，曝光不足，更需要放慢速度拍，只好躺在树下用头做支撑，以八分之一秒的速度按动快门。从镜头里观察，毛茸茸的灰鼠近在眼前。开始，它们被吓得一动不动，瞪着两只黑溜溜的大眼睛，一只前肢如同手似的抱着个大蘑菇，它看我

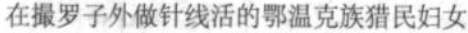

在撮罗子外做针线活的鄂温克族猎民妇女

没继续惊动它，就开始认真地吃起来了，紧接着上面一只也下来和它抢着吃。我估计，开始就可能是因为抢这东西才跑到树上来。接连拍了几张，又从地上捡到一根朽木抛上去，想吓它们一下，结果毫无反应。

这里的妇女们，夏季常用灰鼠皮做冬季用的手套，也熟皮子。如果天晴，每个撮罗子或帐篷外差不多都能看到妇女和老太太做针线活。

▶ 7月30日

树林里驯鹿集中在一起，头上的鹿茸就形成一堆美丽的“珊瑚礁”，我情不自禁地拍了几张照片。

到河边洗衣服，听着阵阵的林涛，伴着哗哗流水响，心

珊瑚礁般美丽的鹿茸

里掠过一丝淡淡的孤独之情。用黑白片拍松鼠，这些树姿态非常美。

午后又是阵雨，四点乡里来车，有乡长、书记、秘书，召集点上所有猎民开会，传达选举人民代表。最后把带来的投票箱挂在树上，举行了投票选举。秘书背个新买来的摄影包，也不管光线如何，东一个镜头，西一个镜头，抓拍一气，我看不出这些照片能有多大用途。

今天得知，快要来锯茸了，这样，可能早些搬家。

▶ 7月31日

可能是因为昨夜又是一场雨，今天仍没有锯茸的上来。没事干，就在日记本上画驯鹿速写。午后突然大雨倾盆，在老拉的撮罗子里受到招待——蘑菇炖白菜。这真是个大猎户，地上铺有很多熊皮，撮罗子里上上下下挂着很多张熊皮，门的一侧堆着熟好的皮子和做好的犴皮手套，还有桦皮盒子、桦皮针线包、皮子的边角碎料，最里面的玛鲁席，放一个“镜伊克”（小桌子）。

晚上又刮风又下雨，可能明天也不会太好！

▶ 8月1日

果然今天继续下雨，车是不会来了。长期的等待使我得出这样的结论：对我来说，“成功”就是耐心地“等待”！不是吗？很多镜头都是以等待为条件完成的，这样的等待需要远见和勇气，甚至付出某些必要的牺牲！

外面的雨很大，森林灰蒙蒙一片。撮罗子中间的“天窗”开始漏雨了。人们往四周坐，这时，古老居住形式的不完善就显而易见了。可是人们都不在乎，麻木地看着打进来的雨点。

傍晚火烧云，明天好像大有希望！

▶ 8月2日

早晨四点多出去，森林里都是大雾，今天果然是个好天气！

上午和谷果斯克、小刚、星军出去打猎。除了阿谷是三十多岁的成年人，其余都是少年。走出不远就发现一只乌鸡落在树上，立刻被大家胡乱地开枪打下来。小刚上去就抓，说是自己打中的，“二哥”（谷果斯克）说是他打的，争执了一会儿又“让给”小刚了。继续向前走，突然又飞来两只，我刚要上去拍照，被星军一枪击落，我们又跑向落在高树顶上那一只，这回我边跑边拍。“二哥”接连打两枪，可惜没中，被后来追上的小刚打中，慢悠悠地落下来。乌鸡当时还没死，张着翅膀软塌塌地趴在地上，我立刻上前拍照。回来的路上又拍了“都柿果”（蓝莓）的近景。

午后阳光充足，把围撮罗子的帆布翻上去让其通风，这就好像打开窗户一样。傍晚太阳落山以后就寒气逼人了，晚上得把鸭绒被裹得紧紧地睡觉。大兴安岭的气温就是这样，冷热异常！

叶莲娜在烙列巴

▶ 8月3日

早晨四点多起来本想拍些东西，此时几个撮罗子里的人们正在沉睡。森林里四周雾气腾腾，到处是冰凉的露水。没走几步，裤腿就被打湿了，又回到昏暗的撮罗子里继续睡下，结果一直睡到八点多，太阳火辣辣的，是少有的好天气。

锯茸的车队终于上来了，拍了几张锯鹿茸的场面，并不感到满意。

今天给达西钱买菜，几个小孩全都回去了。据说锯完茸就是搬家和狩猎。但是晚上又开始下雨，什么时候搬家，现在又是个谜。实在无聊，要了几张纸准备画速写。

突然发现，撮罗子里即便是夏天，篝火也总是不熄，让几根木头在那里慢慢地燃烧。究其原因，可能是地潮和寒凉，也可能是保存火种的沿袭吧。我还感到鄂温克族人在享受现代生活方面已很习惯，但很多人仍然注重传统习俗，如：女人不能到玛鲁席上坐，不准从枪上跨过；撮罗子虽然可以在各处任意掀开，但只能从门出入，而人不能从其他掀开的地方过；列巴烤火的那面要朝下方，而不能朝上；如果希望明天天好，需要说反意话，即说“明天下雨”；等等。儿童也要恪守这些信条。

▶ 8月4日

下了一夜雨，刮了一夜大风，整夜耳朵里沙沙作响。睡到半夜怎么也睡不着了，因为距我躺着的地方仅二尺远的布外，已是流水成溪。撮罗子里黑洞洞的，甚至上面露天的窟窿也没有光亮。现在，我最能体会到史书上记载的“以桦皮为帐”的感受了。应当承认，在荒蛮时代“桦皮屋”是人类文化的产物，仅一层之隔，在里面就有最低要求的安全感和舒适感。

白天也依然是风雨，地中央的篝火被刮得到处扬烟灰。温度很低，我穿上所有带来的衣服还是很冷，整天不能出去，只能重看杂志。在这个撮罗子里的两位“老姐俩”都不好汉话，每天最早起来，生好火就一边做活一边唠嗑。她们总给我倒茶递列巴，我听不懂她们的语言，但一点不影响我独立思考。

这个点共有七位五十岁左右的妇女，我简单统计了一下，她们都经历过不幸：

唐克，生了八个孩子，其中四个在小时候就病死了；丈夫两次因酒后闹事被捕，几乎终身监禁。大儿子当兵一年多后也因酒后闹事被判刑，三儿子也常喝酒，甚至打她。

敖包，六个孩子，幼年死去三个，丈夫被判过刑，现在酒后也打她，头上有一块没头发，是被丈夫拽去的，手也致残，手指总是蜷缩着。

安娜，六个孩子，四个孩子在幼年死去，剩一男一女长大，儿子被火烧死。

叶莲娜，六个孩子，枪走火打死一个，被水淹死一个，被女婿打死一个。

达吉扬娜，一个大儿子非正常死亡。

玛丽亚索，枪走火死了个姑娘，吃错药死了个儿子。

现在，她们都是在正常地生活、劳动，也有说有笑的，然而有多少人知道这些妇女承受过的巨大精神压力啊!

► 8月5日

又是一个晴天，点上静静悄悄。上午出去找镜头盖，采蘑菇。到处是流水成溪，因而两脚常是走在绿色的藻类植物里。“房东”好像每餐都在精心策划，但条件实在有限：常到别的撮罗子要棵葱或要棵大头菜，猎物在这里并不多见。常有一碗酱，几乎每餐都得有。所以在我给达西钱要他买菜的时候，也特别让他买两个大酱块。

▶ 8月6日

阴天，今天自然不会来车了。外面哗啦啦地下雨，山上和林中滚动着雷声。雨丝从撮罗子中间的窟窿散落进来，地中间虽然燃着一堆篝火，但仍不消寒意。雨愈下愈大，顺着木杆往下流，我用刀把木杆向上砍成斜片，水就被"截下来"。

这个点上现在有三个撮罗子、两个帐篷。排列方式是，除了一个帐篷外，其余的连成一条线，最远的两端相距约五十米，老拉的撮罗子在最上方，旁边的帐篷由他的儿子和女儿住，我住在小景的撮罗子里，正是距离他们最远的下方。

这里基本劳力有十二三个，五十岁开外的占八个，其中七个是老太太。四个青年劳力中，有一个是病号，一个是不足十五岁的少年。老年人差不多都有关节炎，每当从地上站起来的时候，总是面上龇牙咧嘴地呻吟着，带着痛苦的表情。老拉的老伴比他小十来岁，大个子，直腰板，健壮，但牙齿不好，眼睛灰白，看上去和老头年龄差不多少。她很严格、精干，人们都很尊敬她。老头在她的控制下饮酒，她自己很少喝白酒，只喝少量的色酒。对子女要求严格，与其他妇女来往有限，手不停地干这干那，对客人注重礼节，不会说太多的汉话，很少攀谈。她的三女儿几乎是老太太的"翻版"：能干、不多说话，据说几次遇上熊都不畏惧。四女儿个子小，有点驼背，有一副秀气的面孔，与额头略为平直的鼻子，小薄嘴唇，细眼睛，愿听录音机、听故事，看小说，爱打扮，不能干活，给人的感觉是平和恬淡——弱女孩的形象。小英，聪明能干，具有优秀猎手的品质，虽小，有些专横，但毕竟是少年，常流露出天真的稚气。

► 8月7日

阴天。收音机里的广播报有台风，就是说，近一个时期天气还要不好，估计不会再来锯茸了，幸好已拍完了这个内容。但是，由于连日下雨，水势上涨，驯鹿过不了河，搬家也会延误，打猎更难以估计了，这是连锁反应。

午后和小英看水势。河水已经漫到原来岸上的树丛中。刚到不久就听到公路方向有汽车马达声响，接着又听到说话声，声音愈来愈近，还夹杂着童音，不久就看到一伙人从林子里闪过。这一伙人中有内蒙古电视台来的。阿索在对岸看到我就高喊："有夫人的信！"其中还有二女儿的信。两封信都说今年雨大，有防洪消息，让我早点回去。可她们哪里知道我还没达到目的，尤其是在我的心里已愈来愈感到将来举办鄂温克族文化展览的可能性很大，目标明确了，内容不可少！而当前进展并不顺利，特别是缺少狩猎部分的图片。

点上来了很多人，一下子热闹起来。晚饭在老拉的撮罗子里吃。我和老头说："早点搬家，打猎好，要不拍电视的来了就麻烦了！"这话由他的三女儿翻译给他，他说，明天找鹿，后天就搬家。

我感到非常高兴，但不知酒后的话能否算数。

▶ 8月8日

阴。早上，小英拿给我一条橡胶防雨裤，让我和他找驯鹿去。

密林里到处是水，阴灰色的天空、暗绿色的树，构成了一个潮湿的世界。我跟着小英有时通过沼泽地，有时越过倒木，跳过急湍的小溪。草丛里到处有蘑菇，可是谁能到这里来采呢！

十二点多到了一个采伐小工队的板房，我想到食堂买点吃的，但管事的青年说什么也不要钱。小英不知道有什么想法，外面还在下小雨，但他就是说啥也不进房。我只好匆匆忙忙吃完东西，再给他拿去，临走时又要了一块塑料布。可他宁可被雨淋着，也不肯披塑料，我真是看出他的倔强特点了……

一路，天总是阴沉沉的，不时有阵雨。山林里景色黑沉沉，身体感到又湿又累。可是路过一个被水淹过的灌木丛，狗突然追出只水鸭子，小英出于儿童心理非让我和他一道抓。小英果然又在水草里摸出六只可爱的小野鸭，结果我们晚上六点才回到住地。一天整整步行十多个小时！夜里又不断下雨，疲劳已极，甚至心里感到很烦恼！

▶ 8月9日

老头在昨天已选好搬家的新点，找鹿、搬家，看来都兑现了前天说的话！今天我跟着去新点搭撮罗子，大约离这里不到两个小时的路程，有十余里。这里是四面包围着松树的林中空地，到处散发着清香扑鼻的松树气味，茸乎乎的树和地上的草，给人宁静的感觉，一条小溪在树林里淙淙流过，真是一个极优美的森林王国！我们在嫩草上搭好了撮罗子，据说后天出猎。

▶ 8月10日

天刚亮就听到附近有乌鸡发着神秘的“达达”声，如果这时出去，肯定能找到，但是谁也不愿起来。早晨看，昨夜上冻了，外面的水结成了厚厚的冰。

上午本想跟着搬家的拍照，但是老太太叫我与阿谷、小景、小英再次出去找驯鹿。这回是去另一个方向，也是我今春住过的一个点。在这里，又看到我当时住的帐篷地点，地上还留有我扔下的彩色胶卷说明书，那时正是春天融雪的时候，如今已是荒草萋萋。

我们顺着荒芜小路爬上对面的山顶，突然树林里飞起几只乌鸡，又发现一块驯鹿皮，继而找到了被扯乱的碎肉。据说，驯鹿是被熊吃掉的，但是并没有看到其他活鹿在附近。

当我们回来的时候，搬家的已经走了。有的撮罗子帆布被拆下，地上还有捆好没驮走的东西。不久，几个妇女牵着驯鹿叮叮当当地回来了，她们还要搬走一趟。我抓紧时间把自己的行装拿出来准备驮走，同时，我开始用相机拍些东西。我们正在忙碌之时，阿索领几个军人提着箱子从林子外面走进来。后来知道军人是北京军区的杜同志、呼盟军分区的李同志和左旗武装部的刘干事，他们是来摄影采访的。我和他们说："你们真运气，我已经到这儿一个月了，今天才赶上搬家！"

军人一到就开始拍摄，不久，搬家又开始了。一大群驯鹿浩浩荡荡地在夕阳的照耀下五彩斑斓，"记者"们开始奔跑抢镜头。有的驯鹿被吓得蹦了起来，妇女们则大喊大叫。走出林子过了河，我先抢了个制高点，俯拍迁徙过河的场面。但是光线愈来愈暗，我用的是64度胶卷，感光有些不够，拍完几张就把相机放起来。到新点后又七手八脚地围撮罗子布。不一会儿天就黑了，坐在新搭起来的撮罗子里点上火吃晚饭。小莲从老头那里拿来一瓶酒，地上铺的鲜松树枝，绿油油的散发着清香气味。这一天的活动，特别是军人的到来，和他们谈摄影，令人情绪很激动。

躺下很久不能入睡，外面森林里月光似水，驯鹿铃声清脆悦耳。夜里又开始上冻了，盖鸭绒被子似乎也感到冷，鼻子被冷风吹得凉丝丝的。军人住在附近的帐篷里，从那里传来阵阵的鼾声。

▶ 8月11日

昨天来的军人都跟着搬家的鹿队走了，速度之快堪称"神速"。我因为胶卷不多，只好留在这里拍几张鹿群、新搭起来的撮罗子。因为有美丽的松树衬托，环境、构图均感到很好。我又爬到后山上，本想拍一张俯瞰的迁徙远景，可惜，天仍然很阴，当驮满东西的长长鹿队回来时，看上去很模糊。但

夏日的迁徙

是，这是一次在山顶上看远处鄂温克族人迁徙的机会，我还是拍了照片。

午后下起了小雨，人们都躲在帐篷里向外观察。尽管这个环境在雨中也令人感到很美，但因为下雨，打猎又成了“肥皂泡”，心里顿觉黯然。

老头晚上说：“看到犴印了！”他准备明天背“背夹子”去看——这又是一个希望！

▶ 8月12日

上午有时还下雨，远山云雾缭绕。小英过来传达老头的意思说，让我们几个男劳力到附近的河湾处搭一座独木桥，以便让前来拍电视的剧组人员直接从公路上走过来。这里的人已经习惯把我当成他们的一员，随时给予任何指令。

我和景山、谷果斯克用砍刀和斧子在湍急的河湾处把一棵高大多杈的白桦树放倒，横放到河对岸，这就成为可以攀住过河的“桥”，然后我们走过去在树林里又清理出一条小路，从这里就能看到前面的大山和山下面的公路了。

午后继续在点上用相机观察，找角度拍风情，感觉非常好，只是彩卷不多了，必须控制使用。但是军人们拍得火热，一会儿组织人员把驯鹿拉出去，一会儿又爬到树顶指挥砍掉“挡住镜头的枝丫”……傍晚拍篝火和民间舞，仅有的几个猎民妇女围着篝火，手拉着手缓慢地移动脚步转圈子，其中一个拉着长音独唱，其余附和，接着唱腔突然变快，拉手的动作变成挽胳膊，腿也一上一下地大跳起来，舞蹈开始激烈了。她们的脸和胸部的肌肉，在奇妙的火光下随着节拍剧烈地颤动，由力度和强烈节奏交织而成的气氛，感染着在场的每一个人。我不由自主地按下快门，可惜闪光灯没亮，反而损失了我几张胶片！接着又唱民歌，大家围着篝火坐。老太太平时少言寡语，但是叫她唱，她就扯高嗓子唱起来，没有一点推诿和情感上的羞涩。军人们的相机频频闪光，此时我由于胶卷不足和闪光灯出了故障，只能袖手旁观。但是我明白，这个场面很难得，不拍真是缺憾！

▶ 8月13日

上午和达吉扬娜、唐克、莲娜三个妇女到十三支线找驯鹿。小唐首先发现远处有一个移动的小点，走近些才看清楚是一只狍子，一蹿一蹿地跑掉了。在树林里又有一帮飞龙横排落在树上。它好像知道我没带来相机，走近了看，也一动不动。不能拍照，非常可惜！

我们在山里转了一大圈并没发现驯鹿，据说驯鹿是到另一片树林子里了。其实好几次我跟出来大都是如此情形，至于损失了多少只，我看他们也不是太知道。我曾建议用吹号来引鹿，但是他们还是习惯于老办法——在山林里默默地寻找。

阿索陪同电视剧组人员坐乡里的面包车上来了，我进一步向他说明了“鄂温克的展览一定要搞”，准备明年在呼盟向有关部门汇报情况。这首先是我已下定决心，也有意向他明确我的意图。由于我坚决地表明了态度，心里的沉重感似乎增加了很多，看来这件事，只许成功不能失败了！

午后，军人们和阿索一起坐车走了，人家是速战速决，短短的几天拍了不少好镜头。现在，我还不知道要什么时候才能离开。我请他们把我拍完的四个胶卷代邮到北京冲洗，顺便捎回一封家信。

傍晚，天边出现了晚霞，老头和谷果斯克背着“背夹子”领狗出去找犴了，他们要在外过夜，背了少量的装备。一下子走了这么多人，点上显得很清静。

莲娜和玛丽亚索（小莲的母亲）突然决定杀一只驯鹿来改善生活，我知道这些日子确实没有肉了。在老头的撮罗子里每天靠吃蘑菇加半只飞龙或灰鼠子做的菜，我住的撮罗子里也只靠景山打点东西，但他并不经常出去，所以我们经常吃的就是大酱。

驯鹿是景山用小口径枪打死的，被打倒的驯鹿没有哀号和挣扎，死后仍然睁着大大的眼睛，肌肉还在一跳一跳地抽动。小景吃力地把它四蹄朝上翻过来，驯鹿的头软软地歪向一边。小莲在前面用双手扶着它的前肢，小景在后面用刀尖从驯鹿的腹部向上划开毛皮，推至颈部，然后从这条直口向四肢接通。扒皮开始了，很快就露出了里面鼓鼓的、裹着一层白油的肚皮。其他驯鹿则不知道是在屠宰它们的同伴，纷纷地跑过来瞪着大眼睛看，小莲只好一次一次地把它们轰走。小景开始用刀尖剖驯鹿肚子，一大堆动物内脏冒着热气露出来。这时小景不小心用刀刃碰破了手，他的刀和手上早已沾满了血，他常把划伤的手放在嘴上吮吸一下，因而嘴上也沾满了鲜血，但是谁也不知道这是鹿血还是人血。他仍然不顾一切地低着头飞快地使用刀子。驯鹿很快被他改变了模样——变成了一堆碎肉，猎犬们在一旁贪婪地吃着内脏。

夜幕降临了，月亮升起来，森林里月光如水，在撮罗子和帐篷里都开始煮上了驯鹿肉。

▶ 8月14日

今天，万里无云。每个撮罗子旁边的树上都挂着晾晒的驯鹿肉条，红红的，很有狩猎民族的气氛。中午吃炒鹿肉喝鹿奶茶，伙食有明显改善。

在老头的撮罗子里，我第一次看到他们郑重其事地挂上了“玛鲁神”（一个陈旧的苏联东正教神像），我把它拍了下来。

傍晚，老头和谷果斯克背“背夹子”回来了。当他们在林子里一出现，撮罗子里的人都悄悄地伸长脖子向外张望，看打到什么没有，这回两个人的“背夹子”上都有一条红红的肋扇，这是打着东西了！他们把大部分肉都巧妙地放在原地，需要明天由妇女领驯鹿去驮回来。我想，驮肉是狩猎的一部分，明天一定要前往。

不知什么原因，我的空气褥子漏气了！

▶ 8月15日

天气很好。昨天确实打着两只犴（一只大犴和它的孩子），由莲娜和房东唐克担任往回运的任务。一共牵了十只驯鹿，每只都备上鞍子，又带了很多绳索。小莲把一只驯鹿交给我牵，可是它在后面总是抢路，蹄子常常踩到我的后脚跟上，害得我一路神经紧张。我们基本是顺着山根走，每走几步就能看到老头砍在树上的“路标”，鄂温克族人在山里就是靠这种方式找到预定地点的。我们在遮天蔽日的树林里默默地行进了约五个小时，脚常泡在水里，又常越过深沟，大约走了

莲娜和唐克在装肉

四十华里，在快到地方的时候，我几乎是累得连滚带爬了！此时，我冒着虚汗通过了横倒木和沼泽地。可是两位妇女却神情自若，有时不知道她们说着什么笑话。

今天我第一次看到鄂温克族人狩猎挂肉的方法：在树林里支起一人来高的横木，再从两侧向横木斜搭十来根削尖的木杆，从侧面看，像X形架子，每根支架的顶端都用来挂肉（硕大的犴头也毫不例外），旁边立一个伪装起来的衣服架子用来吓乌鸦或其他想偷肉吃的动物。现在，肉是很安全的一块没少，只是有一股强烈的血腥味在不断地散发，吸引一批嗡嗡叫的苍蝇飞来飞去，肉味熏得我真有些受不了！两位妇女熟练地把鹿鞍子重新整理好，也不休息，就按着她们习惯的办法把肉块从架子上卸下来，再用皮条把两块肉穿好，然

晒肉干

后吃力地把肉挂到鞍子的两侧，上面再放几块，用皮条捆好。我拍了她俩劳动的照片，观察四周。

这里多是稠李子树、柳树和一些白桦、松木，下面是一些低矮的灌木。据说，大犴是来喝水时被打死的，小犴一般都不会离开母亲太远，所以也失去了生命。全部肉装完了，我又跟着她们到一百多米远的一片石地，上面长满了厚厚的一层灰色苔藓，这是驯鹿最爱吃的食物，也是里岭北的特产，鄂温克族人管它叫“恩考”。昨天两位猎手就是在这里过的夜，地上还有他们留下的水壶和皮子。

我们在这里简单地吃了点东西。我发现妇女们都不肯坐到皮子上，她们说，如果女的坐了猎民的东西，猎民就打不着猎物了，说话时的态度极其认真。

快六点往回返，回去是顺着公路走。这时正是夕阳西下的时候，天空闪烁着太阳的金辉，驮在驯鹿上的肉块也被太阳映得红红的。不久，夜幕降临，九点多我们走下公路，再钻进森林里。这里几乎是漆黑不见五指，枝丫交错，路很不好走。蹚过几天前搭桥的小河时，我牵的驯鹿上面的肉块不知怎么掉了下来，驯鹿受惊自己突然跑走了！

当我“胜利”地回到撮罗子里，在火光下，我看到我的气褥子给吹了起来，衣服也给洗得干干净净叠放在那里。阿敖（驼背）笑眯眯地给我盛饭、倒奶茶——他们好像在为我“远征归来”举行欢迎仪式。

▶ 8月16日

因为昨天长途跋涉的劳累，一夜睡得很不舒服，醒来更觉得疲倦，浑身难受。上午拍了晒肉干的镜头，这个内容拍得很充实。午后到河边洗衣服，昨天衣服被汗水浸得很脏。

拍电视上来一大批演职人员，他们穿着干净，而且多彩多姿，在这里显得有些不协调。由于他们拍戏需要猎民帮忙，看来短时间内不太可能有较大规模的出猎。老头说，手和脚都不太好，“需要休息一下”，其实，到现在我已经没有条件关心出猎这个项目了——胶卷明显不够用，而且近几天来弄肉的场面已经拍到几张。目前最需要的内容是：桦树皮撮罗子、鹿哨、喂盐。估计这几项拍完了，可能就要到二十几号，现在看来索性就得干到底啦！我愈来愈感到为了将来的展览，现在准备是多么重要。

今天给小景十五元买酒，过几天即将告别回去了。

▶ 8月17日

点上很静，我因为这些天吃肉，肚子不太好。白天虽然很热，但树叶已经发黄，初秋来临了。午后一点半和谷果斯克、景山、阿英带两只猎狗去三十里外的泡子找犴。因为要在外过夜，每个人都背上了“背夹子”，带了简单的行具。我除了行具，还带了相机和小口径枪，一直跟在他们后头走。途中再次饱尝行路的艰苦——爬山，越过塔头墩，顺着泥泞的河道走；钻进森林里沿着“鄂温克小道”蹒跚前行。目的地是一片原始森林，地面上长满了灰色的苔藓，到达时已近六点。夕阳把一棵早黄的树和一块黄色的草地抹染得更加金光灿烂。在这静谧的自然里，又点缀了几位蹒跚猎手，情调更显动人，几次想拿起相机拍照，终因胶片不多而没有动手。转过一道山，我们在山坡下安营了，抬头看山顶，古木参天，越发觉得大自然雄浑壮美。但是水源离这较远，又是在一棵奇大的倒树根子下面，需要把身子钻进去才能往外淘水。再看看这洼积水，水上一层绿色浮萍，这种水恐怕任何人也都不会感到好喝吧！景山和谷果斯克吃完东西，就准备在天黑以前去树林那边的水泡子“蹲坑”，这是傍晚或夜里、早晨打犴的办法。他们要在黑夜里隐蔽在水泡子附近，等待犴来喝水时射击，因此，不能出声，不能带狗，在黑夜里要睁大眼

撮罗子门前晒肉干的木架子

睛静听周围的动静，除了不能睡觉，还要忍受蚊虫叮咬——这是很苦的事情。他俩简单地带了披盖物，临走时把子弹压进枪膛里。

我和小英留在这里，显得很轻松，可以不受限制地说话，可以不熄灭篝火。我们烤上了在途中打的灰鼠子和带来的肉干，还用提来的水炖上了蘑菇。

不久四周漆黑，满天星斗，篝火的火苗也越发显得明亮起来。快到八点，我把鸭绒被铺在地上，可是地上不平，怎么躺着也不舒服，不知什么时候睡着了。夜里忽然醒来，仰望天空，一大块黑云遮住了星光，心里觉得不快，接着稀里哗啦地掉下雨点。又赶紧起来拉出塑料盖在身体上面，但不一会儿雨就过去了，从草地上和被子里发散出一股难以忍受的腥味。

早晨五点，阿谷和小景灰溜溜地回来，据说冻了一夜并没发现犴。我赶紧起来帮助弄火。太阳愈来愈高，树叶上的露珠闪闪发光。可能是没打到东西的缘故吧，他俩吃完东西又牵狗出去了。我们则继续留在原地休息，被暖暖的太阳照着，很觉舒服。快九点，和小英穿过树林去水泡子察看。这个泡子在低洼处，约有一百平方米，水平如镜，水里映着岸上树林的倒影，水面上漂浮着一层灰绿色的浮萍，远处一些水鸭子点缀在上面。岸上粗大的树枝倒垂地面，有的白桦树叶已经发黄，灌木丛开始显现出红色，眼前一片初秋的宁静。突然，远处有狗叫声，并且愈来愈近，我们惊慌地持枪跑过去察看究竟。原来是“乌梯”（猎狗）自己跑了回来，小英上前深深地向它吐了一口！它低垂着头，耷拉着耳朵，一副不光彩的样子。我不知道它为什么不和猎手合作！小英突然让我和他回去，开始我感到莫名其妙，也觉得不妥，后来一想，我们走了可以多留点食物给他俩打猎，于是回到营地写下了字条，打了背包就往回走。途中，在深草丛中突然发现露出一只狍子头，由于过分紧张，我俩胡乱地开了数枪都没打中。晚六点半回到点上，在安娜老太太的帐篷里受到了以白酒、土豆、犴肉、牙格达甜酱为主餐的热情招待。

这些天，撮罗子里外，到处是一股腐烂难闻的肉味。

▶ 8月20日

下雨，又湿又冷，我躺在被子里不愿动弹，好像是坏肚子了，身体有些发烧。一些小孩常在撮罗子里打闹，心里很烦躁。

满撮罗子里散发着一股臭味，有的肉已经开始生蛆。吃饭的时候，小景在手里还摆弄小耗子，他什么也不在乎，有时生气了，就是互相飞唾沫。

晚上在林子里帮助扛木头，做“撒棉”（烧蚊烟），一天连续服药以防腹泻发展。

▶ 8月21日

天阴。上午和景山去十一支线，现在不少树叶已经开始发黄，有点想家了。小景一路在向我挑战，表现得粗野而不友好，我被他几次激起“愠怒”，有一次他把我推到水下，我也把他拉下水。又一次他抛石头差点打到我，我也向他还击，并追上去。他说我的脸已经“气白了，并出了疙瘩”。尽管他常扬言把我撵走，但是回来吃饭的时候又憨笑着表现得特别热情，真是叫我哭笑不得！

无论如何，这次一定要拍到“铁哈”（桦树皮搭的撮罗子），这是“桦皮文化”特点的表现。“欧列文”（鹿哨）是这个季节使用的工具之一，也一定要拍下来。至于狩猎，如果真是要出去二十多天，甚至一个月，我的胶卷根本不够了，现在可以缓行一步。此外，尚缺冬季狩猎的大场面，如有猎犬参加围猎犴、鹿的场面，以及冬季传统的女皮装（包括手套、鞋），还可以用黑白胶卷拍一套鄂温克族人物形象，其中可包括妇女头巾的各种扎法。我似乎感到了，如果这样按计划一个镜头一个镜头地拍完，展览即可成功！为此，我想不去黑龙江了。

▶ 8月22日

多云，时阴时晴。今天开始采蘑菇准备带回去。我住的撮罗子，全家都来帮助我清理蘑菇，表现出鄂温克族人特有的淳朴与热情。我领几个小朋友上山，有达西、阿松、土刨，我们边采蘑菇边采牙格达，不知阿英是什么时候披着熊皮偷偷跑到山上来的，当时我还不知是怎么回事，几个小孩竟以为是熊来了，吓得四处逃窜，土刨把采好的牙格达撒了一地，哭了起来！

▶ 8月23日

天总算晴了，再次出去采蘑菇。桦树叶已经都黄了，浅淡的黄色，在绿色衬托下特别好看。翻过几座很高的山都没有蘑菇，又和达西到碎石山顶，山上全是碎石，又长了很多灰色和浅灰色或绿色的苔藓。这里多有马尾松，此松直接从地上向四面八方长枝条，枝条上长针叶，松树下常有蘑菇。坐在山上向下望，层峦叠嶂，听着微风吹动树林的涛声，一切烦恼都消失了。

安娜模仿飞龙鸟的叫声

午后两点多，乡里来车，但没有要员上来。点上仍然很平静。今天托达西捎回一封家信。

▶ 8月24日

上午天气很好，去林子里提水有飞龙叫，安娜、叶莲娜坐在帐篷外向林子里张望，安娜用双手托着腮，手指捏着嘴，模仿飞龙的叫声，林中的飞龙听到叫声也回鸣，我看这个场面很有意思。接着老太太用生硬的汉话对我说："尼（你）区（去）达（打）吧！"我向小唐要了两发子弹，结果小英也拿着枪跑过去，我只好作罢。小唐用民族语言在嘴里嘟哝些什么，可能是说："人家打，他也打，真不像话！"但是脸上并没太多的表情，这也多少看出一些鄂温克族人与世无争的恬淡心理。

中午饭在老头撮罗子里吃，有膏状的鹿奶蘸列巴。然后开始准备出去带的东西，这次带土刨家的鸭绒睡袋、皮褥子，带上了彩色、黑白胶卷，刚离开撮罗子几步，乡里人上来了，老头又放下东西说"看看去"。猎民们先是开会，后是选举。二十多厘米长的投票箱挂在撮罗子前的树上，从老头开始，依次投票，很快完成了神圣的仪式。我拍了照片，接着阿索拿出一瓶酒对我说："包括你在内，咱们把这瓶酒干掉！"所有猎民都在，一瓶酒很快就喝光了。使我有些意外的是，老头并没有因为喝了酒而改变主意。我们继续出发打猎去，在公路把猎狗"乌梯"也带到面包车里。汽车顺着公路一直把我们送到支线的尽头，我们从此下车，开始背着东西爬山。

这里是两山峡谷，一片浓密的杂树林，有马尾松、白桦、稠李子树，遮天蔽日，到处是绿色的阴影，不远处有哗哗流淌的水声，树下常有一堆堆蘑菇，十分惹人喜爱。

可是路并不好走，背着沉重的东西钻过错落的枝杈，步步上坡，没走多远便大汗淋漓，走了一个多小时到达山顶，下面是大慢坡，长很多低矮清秀的马尾松。又走不到一个小时下了山坡，这里是一片笔直高大的原始森林，树林里有一个小河沟，就是呼玛河的源头。

我们在树林边放下东西准备露宿。我和小英找木头烧水，老头开始领狗看“犴印”，找犴去了。这时是下午五点十分，约二十分钟后，突然听到远处传来急促的狗叫，小英先是一惊，看了一下，抓起自动步枪就跑。我知道是前面发现东西了，心跳不自觉地加快起来，狗继续吠叫，却听不到枪声，使我感到莫名其妙。大约又过了二十分钟，终于听到“叭——！”一声悠长而又震动山谷的枪声，最后一切都平静下来。我心里开始对那边发生的事情展开了丰富的想象。我决定拿相机过去看看，又怕回来找不到地方，所以手里拿把斧子，一边在树上砍记号，一边向密林里找过去。深一脚浅一脚地走了约二十分钟，眼看天要黑了还没看到他们在哪里，这时我冷静地想到，不要找不到地方又回不来了，趁天黑前赶快回到原地！

回来后在篝火上烧水，等着他们回来。

暮黑，猎狗先跑回来，由于它圈到了犴，精神也像胜利者，一趴下来就开始用舌头舔爪子、整理皮毛，一副大功告成的样子。不久，老头和小英也回来了。刚才打到的是只母犴，老头说，明天早些起来过去扒皮解肉，在那边吃早饭。我们都为这次首战告成而感到高兴，小英年纪小，更显得兴奋不已。天很快就黑了，橙黄色的火苗跳跃着，小英在光亮下教我扒灰鼠子。我拿出在鄂伦春族人那里看过的扒灰鼠子方法也教给他们看。老头把扒光的灰鼠子用削尖的木头穿上，插在篝火旁烤起来。此时，我觉得我们的心态都是在最美妙的时刻，因为那边的森林里，已经有我们一个“很大的猎获物”了！

地上都是大鼓包，很久不能入睡，皮子、鸭绒被铺在上面都不顶用。森林里漆黑，静悄悄的，星星在夜空中不显得很明亮。大约后半夜两点才终于睡着了。

▶ 8月25日

早晨醒来，天已经灰亮，树林里弥漫着一层薄薄的雾气，这时是五点钟。因为一夜只睡了三小时，头有些昏沉沉，还不知怎么搞的，右胸骨疼痛难忍。起来即收拾东西，准备到昨天猎犴的地方吃早饭。可是没走出多远，狗开始在小河对岸向山上狂叫，我和小英下意识地放下东西循声跑去。我边跑边摘脖子上的相机，还在惊魂动魄之中，随着“叭——叭！”震耳欲聋的枪响，两条火舌射向树后的山坡，这时我才发现一只很大的灰色东西被狗圈住，来回转圈子！这是我第一次看到猎物被

小英用斧子砸受伤后未死的小犴

狗追上的情景。但是还不清楚究竟是什么动物，因而不顾一切地向前冲去。小英又接连打了两枪，最后我才看清楚是一只犴被打倒了，它发出令人哀怜的惨叫。但是两只猎狗并不因此罢休，仍然狂吠着威胁它，小英过去用斧子砸了犴的头，最后一切平静下来。我慌忙赶上去拍了照片。

这是一只灰色的小犴，昨天打死的母犴就是它的妈妈，怪不得刚才被打中时，发出的嚎叫声，竟像撕心裂肺地呼唤“妈妈！”。扒皮的时候，我用彩色胶卷拍了几张，因为天空和树林里的雾气愈来愈大，光线不理想，我加了闪光灯。现在，一只活生生的灵物已变成了一堆堆肉块，老头把肉插在木杆上挂了起来，挂肉的情景我在8月15日已经看到过，这次是直接参与了全过程……

克罗布——森林中的仓库

来到大犴的地方，我看到它已四脚朝天，昨天就被掏出了内脏，空腹用树枝撑着，这是通风措施。在灰蒙蒙的细雨中，我们用同样的办法处理小犴，扒皮割肉，最后又挂到木杆上，一切都处理完毕，我们才开始笼火烤肉，烤上了肝和腰子，临走时用犴胃装了血清又带一块肋条。

从这里出去并没有往回走，而是去八年前搭的一个叫“克罗布”（树上仓库）的地方。这里满目葱茏，附近一座拔地而起的高山，好似一座屏障，在俯视下面的一片树林。“克罗布”下面靠四根树干架起来，离地有三米高，上面是“木克楞”仓库。脊形屋顶，仓库的下面是一个方口，可以用独木梯和地面接通。在山里，这样的仓库防潮又防野兽的破坏，真是狩猎民族的杰作。小英爬上去拿下两个儿童悠车，是为了拍电视用的，也是我要拍的系列内容之一。

离开这里往下走不远，又看到好几座撮罗子骨架，还有劈好没烧完的木材整齐地放在门前，好像一切都在现实生活之中，就是不知人去哪里了。在这僻静的深山里，看到如此认真的人工遗迹，突然使我想起了不知去向的玛雅人。当然，这更能窥探到深山里生活的鄂温克族人的传统生活特点。从这里离开就是往回去了，背装显得很丰富，有行装、犴肉，又增加两个悠车子。下午三点回到点上，听说有一只活着的飞龙，我又赶紧出去拍照。这也是一次意外的收获，为此，人们说我有“福”。当晚我拿出一瓶酒慰劳大家。但是睡觉的时候却感到疲劳极了，怎么躺着都难受，右肋骨仍然感到疼痛！

妇女们明天要早些起来牵驯鹿驮肉去。

▶ 8月26日

早晨起来浑身疼痛。现在相机里只有五张彩片，计划再拍完桦树皮撮罗子、吹“欧来文”（鹿哨），即可回家了。眼下真是一幅一幅地计算着！

傍晚六点，驮肉的十只驯鹿回来了，长长的一个丰收队伍特别壮观！此时，我住的撮罗子已烧好水，晚上各撮罗子都是煮手扒肉。

要下霜了，夜里非常冷。

▶ 8月27日

今天，在我多次要求下，小莲给搭了用“铁哈”（桦树皮）围挡的撮罗子。在小莲搭的过程中，我仔细地做了观察，并画了草图，用黑白卷拍了照片。桦树皮撮罗子现在已不多见了，我想此次不拍，今后不可多得，为此真有点激动，因为“铁哈”是专门从她家里拿出来的，现在几乎成了“珍品”。

午后附近小工队来了三个汉族工人看景山，小莲的脸色很不好，有指桑骂槐的意思，小景不敢接待他们，三个人很害怕的样子，无聊地在旁边坐了一会儿，悻悻地走了。

老头用桦树皮给我做小烟盒，这是我要求他送我的纪念品。老太太今天表现得很友好，用鄂温克语对我说，让我吃犴脑袋，话是小莲翻译的。当我一边吃肉一边对我这次来受

传统的桦树皮撮罗子，其叠压是有规律的

到的接待表示谢意的时候，小莲用汉话说“现在是吃饭，不是说这个的时候”。我心里真是有一种难以形容的热乎乎的感觉……老头约我继续跟随着打猎去，我说“胶卷没有了”，心里实在是不想去，但是他们执意要我跟着，我想，这里既有情谊，也是一种信赖吧。

▶ 8月28日

这几日，每当吃饭阿安总提到酒，眼睛里有一种期待的光芒。我也感到要走了，需要热乎一些，然而早买来的酒放在老头的撮罗子里，小莲控制得很严格，甚至我都要不出来。

我决定和景山到十八里以外的林业小工作队作业点去买。几十里地的山道，只有我和小景两个人走路，空旷寂静，我们边走边说话。我发现小景虽是酒鬼，但没喝酒说话尚很明白。山的一侧有声音，我说是乌鸡，他说是人，最后他和我打赌，如果他说对了得给他一瓶酒，结果确是小工队知青工出来干活的，我输给他一瓶酒！

小工队原有几个活动板房，又新增加几个帐篷，院子里晒了一些五颜六色的衣服，这是因为多了一些男女知青，显然比前几次来都热闹。但是这里并没有专门卖店，只有管理员负责伙食，所以买酒和菜都要和他商量。我在小景没注意的时候和他们悄悄说："不要给小景喝酒，我们买了就走，否则就喝多了！"但是当我买了两瓶酒和一些圆葱、辣椒之后，再进屋找小景时，他已经喝上了，室内充满了酒气。我一再说走，可他一边嚼，一边喝，一边说等一会儿，我实在不耐烦了，拿起东西就往外走，最后他提着酒瓶追出来。

在酒的作用下他很兴奋，说我输了，得给他一瓶酒，我答应给他，他更显得高兴，边走边高声唱起来。他突然问我，冬天再来能不能去看他。我不知道他说的是什么意思，他又说要和拉吉米分开了，因为现在"承包"了。我向他说："一定来看你！"但是他又说："也可能那时我已经不在了！"叫我"相信"。又说："如果我死了，给我倒点酒就够意思了！"这时他的脸上兴奋状态消失了，态度认真起来，刹那间，我感到"死"对有些人来说是那样宁静而简单，这是否也是淳朴的表现形式呢？！他说完了这番话，脸上又恢复了原来的兴奋，拿着瓶子边走边跳，心情是那么坦荡！可是我心里却有些凄凉。快到点上，过独木桥的时候，我想他会掉下去，并向他警告，果不其然，他没走几步就摇摇晃晃坠入河中，那爬上来的落汤鸡似的样子，使我大笑不止！

回到撮罗子，因为他和阿安早有成见，酒后就更厉害，但这里人的表现形式却很独特，有时热情友好地给对方东西吃，给烟抽，突然又骂起来甚至不可开交。这回小景有了酒，在阿安的面前边倒酒边说："不给他喝！"可阿安太想喝酒了，此时非但不给喝还连连遭骂，气愤已极。小景本来摇摇晃晃，这时就更醉了，他挣扎着要给老头倒点酒去，但一出撮罗子就遭到小莲的痛骂，老头可能是听到这边在喝酒，就过来给我送烟盒，这时小景已醉得很严重了，头发蓬乱，眼睛也红肿。他平时对老头很恭敬，现在一会儿把老头的脑袋搂住，一会儿拽住老头的胳膊，最后身体终于支不住，一倒下，就蜷缩在地上睡着了……当我扶着老头往回送的时候，老太太和小莲就在远处目不转睛地注视着我们，我看到她们由于气愤，本来就小的眼睛此时白眼仁更多了，但是我不知道这个怒气是对谁来的。对老头，对小景，还是对我？我只好硬着头皮往前走。

到撮罗子了，老头一坐下，老太太就嘀里嘟噜说些什么，我听不明白，心里感到很紧张，就在这时，老太太给我倒了一杯鹿奶茶，推过来一盘犴舌头，这时我心里的石头才算落了地。老头又说："明天中午出去打猎，住一天回来。"我立刻表示了同意。外面，昨天来的三个青年工人又来了，这回小莲好像找到了发泄脾气的对象，老太太也大声地说些什么，此时小景不知道怎么突然醒了，热情地招呼他们进去，但是这三个人好像早被吓得魂不附体了，说什么也不敢进去，而是慌慌张张地溜走了。小景又开始骂阿安，阿安在小景睡觉的时候已经喝了些酒，现在同样控制不了自己的情绪，他怒气冲冲地过来拿起一根吊锅的铁条就向小景身上抽打，小景发出了叫声！可此时大家都在旁边目睹，而无一人动手相劝，我实在忍不住了跑过去抱住阿安，可是小景一起来又去找枪，非要打死阿安不可！我再去抱住小景，阿安又趁机回来拿木棒猛揍小景，害得我来回抱住这个推开那个……小景几次跑到别的帐篷去取枪取刀，我相信，他已被激怒了，现在什么可怕的后果都可能发生！我不愿看到失去理智的人在眼前出现惨剧，极力避免发生那样不堪设想的场面。

几个小时以后稍微平静了一些，阿敖、阿坦（一个是阿安的妻子，一个是小景的母亲）对我刚才从中调解的表现很感动，达西（景弟）也给我在篝火上热好了一锅的煮肉，但此时我肚子疼开始发作了。本来小景坐在篝火旁目光呆滞，这时突然又跑出去拿木棒子进来，被我一把拉下来，接着他又痛哭，又要找刀自杀，一直闹到十点多，他的酒劲过了一些才睡下。

闹了一天，我本想和衣休息一会儿，可接着又开始闹肚子，一夜起来三次，外面漆黑的天，又下小雨，树林里到处是水，回来几乎迷了路。在撮罗子里雨丝顺着窟窿淋进来，落到脸上，只得把雨衣盖上，可又太闷，打开又是臭气和酒气的混合味，一宿很难受。

► 8月29日

天气晴朗。经过昨天的一场激战，今天显得平静了。小景有些无精打采的样子，对阿安也不像昨天那样切齿痛恨。阿安闷闷地在撮罗子做刀裤，妇女们在外面的阳光下做活。看来，人还是很好，只是在“化学原理”的作用下，莫名其妙地闹了一场。

和小景到河边洗衣服去，我是准备回家了。小景一直在沉思，手里摆弄东西或嘴里咬着树皮，躺在河边的卵石上仰望天空，他是在对昨天发生的事情悔悟吗？据说，喝多酒初醒的时候，心里都有一段矛盾、复杂的心态。现在的树叶已经由黄变红了，湛蓝的天空上飘着寂寞的白云，悠闲的风声和着嗡嗡的蝇叫，更感到山林的寂静……

洗完衣服，我也躺在卵石上，充分感受着大地托着身体的踏实。仰望苍穹，脑子里什么也不想了，只听到风声、水声，身体被柔和的阳光沐浴着。暖乎乎的，一切焦虑、烦恼、盼望都消失了……

本来说今天有车，在河边洗衣服听到公路上有车声，但是回来仍是静静的。今天没有车上来。午后和阿安在外面坐在“索南”（篝火）旁烤犴肝，傍晚，阿安给我做姿态，吹了“欧列文”。现在我只剩最后两张彩片了！我明确表示了“来车就走”的意图。把洗了的防雨裤送还给老太太。吃晚饭的时候，老太太送我一块犴皮做成的“库么尔汉”（驯鹿鞍垫）。给我的时候，她笑着说的什么我听不懂，但是我明白，是郑重地送给尊贵客人纪念品时的客气话。

► 8 月 30 日

昨天夜里相当冷，上冻严重。我的气褥子跑气了，幸好有鹿垫子铺着，舒服很多。出去洗衣服回来，小唐送我一些蘑菇，叶莲娜给我一条皮绳子，这些东西看起来虽然有些一般，但是在这里足以说明她们对我的情谊。现在，我的相机里最后两片彩片也拍完了，东西已经整理好，准备一来汽车就打包！

昨天小景除了和我洗了一次衣服，就是躺着睡觉，不愿说话，这样很可怜。但是小莲说他就愿意在旁边看别人打架的热闹：“谁死谁活该！”我想他可能是习惯成麻木了！

午后天开始阴下来，气温骤降。快到六点没车来，今天是走不了啦。晚上阿安借给我鸭绒被当褥子铺，很顶用。

► 8 月 31 日

昨夜霜很大，快到早晨雾气朦胧。早晨阿安烤了一串肉，吃完又烤一串给我路上备用。我想，这是他用自己的方式对我表示的“离别纪念”，也是很珍贵。我捆行李时，小朋友都来帮忙，小英还回去取来一串肉干，这些孩子们平时总来我这里打闹，翻我的相机，让我烦得不行，可现在又郑重其事地为我送行，叫我很感动！

一切都准备好了，最后一次和他们到河套走走，又越过河套走上公路。这时几辆卡车疾驶而过，他们是进山里的作业点。我正感到等车有点不耐烦了，忽然又过来一辆大客车，开始以为还是满归林业局的，结果刚一停下，车窗里就有一个我不熟悉的面孔称“顾老师”，下车他说自己是旗宣传部的小董，又给我介绍随他来的《内蒙古青年》杂志的摄影记者小张。车上大部分人是电视台来拍戏的，从此他们要天天来这里拍戏，晚上回去。这些人的衣着五颜六色，形象也都各有特色。他们在河边拍戏，演员换上了剧组要求的服装。本来我现在是看热闹，等待他们拍完一同坐车回去的时候，但我突然发现，他们的服装正是我缺少的鄂温克族的夏季服饰，这是一次很好的机会，如此次不拍以后很难再拍到。我想向小张借一个胶卷，当然，已把“不好意思”置于脑后了。我告诉他，到阿里河就可以还给他，开始他对我“探讨性地借”说行，只是今天没带来，其实这时是搪塞，他没想到我是认真的，后来看我“坚决要求”，他开始慎重起来，反复问我的胶卷是什么牌子，过期没有，他的这种态度几乎使我发怒了！最后他终于答应明天带来。猎民听说我还要留下一些日子都很高兴，这从他们眼睛里的光彩得到了证明。他们又把给我送上车的行李，拿回到撮罗子里。现在，景色已是初秋的样子了，有红有黄，再过几天就更美了，显然，我来时穿的衣服已不适应这个季节。

家里来信，催快点回去！

▶ 9月1日

天气晴朗。正在撮罗子里写家信，小张果真给我带来了胶卷——柯达Ⅲ型，看来我成功了！今天他的态度比昨天热情稳定，使我更从心底里感谢他。现在我不能回阿里河，托他捎回家一封信。

电视台一上来就开始工作，我在旁边静观等待机会拍服饰。午后两点多，他们刚拍完挤鹿奶，我则一步当先要求女演员协助我拍服饰。这时的光线色彩都很好，演员又很会做戏，我一连气拍了十几张，心里很激动，深知这个镜头是来得不容易！

晚上满天星斗，拍电视的都回去了，果斯克在外面招手让我到他那里吃饭。夜空下，篝火旁边的小餐桌上有面条、酒和鹿奶，可是阿安和老头都喝醉了，两个人垂着头坐在那里，头顶在一块儿，嘴里唱的不知是什么歌。果斯克对我的工作一直表示赞赏，现在他喝了点酒感情更热诚。约十点，老头被扶到撮罗子里睡觉，我则扶阿安回到我们的住处，因为撮罗子里的人都已睡下，我又轻轻吹复了熄灭的火堆，借着火光铺好行李，可是阿安又叫我吃饭，当然，这是因为他喝多了酒，把“程序”搞乱了！我不理他，渐渐睡着了，后来断断续续地被他唱醒了好几次……

▶ 9月2日

上午阴天，相机里又有胶卷，内心较安稳。正好敖包在撮罗子里和面，即兴拍下来，这是必要镜头之一。今天向果斯克介绍我拟定的拍摄提纲，也建议他在乡里搞一个民族文物陈列馆，我俩聊得很投机。

在拍电视的没上来之前，我和他还有景山顺着公路进行驯鹿驮重驯化，使一些没有负过重的驯鹿逐渐适应驮运。

午后两点多，演员们上来，鲁老师给我捎来牙膏、牙刷，小英又捎回黑白胶卷，我想再过十天就能回去了。

拍戏一直到十一点，阿安要回乡办点事，和演员们一起坐车走了。现在小景又醉了，抱个酒瓶像年轻的母亲看着怀里心爱的孩子一样狂喜，忽然又低垂着头骂人、大声喊叫。这回阿安没在，他就朝我来了，我不得不起来搬到安娜老太太的帐篷里住。据说后来小景又跑出来跌倒在地上，又爬回撮罗子里边，幸好这一夜有果斯克夫妇一直注视他的行动，最后不得不把他绑上。

早晨醒来，听到外面淅淅沥沥的雨点打在帐篷上。

▶ 9月3日

从我的拍摄提纲看，目前已完成百分之八十，现在需要补充一些更精彩的片子或是再挖掘一下民俗的细节……可以用黑白片拍些器具花纹、头巾形式、人物形象之类，再补拍一张贝尔茨河、烤灰鼠，顺便拍几张秋景或更理想的一些猎归、出猎的场面。

当地已经有很多人知道我在这里的行动计划，我应该努力提前在呼盟展出，今年最好。外面正是“五花山”的时节，可我现在仅有二十片彩片，必须得慎重使用，可拍可不拍的，不拍了！

白天，小景酒醒了，躺在那里不起来。中午果斯克找我到老头撮罗子吃饭，炒了青椒。吃饭中间，老头利索地从地上站起来到外面就抓来一瓶酒，按他的年龄，这样的速度真使我感到不可思议。约三点来车了，阿安又带回四瓶酒，还把买酒剩下的钱交给了我，这使我感到很惊讶！今天他很高兴，可是快四点的时候，我发现他有些醉了，这回和小景没有口角而是同唱。我怕晚上麻烦，并且还要到满归邮胶卷，买衣服和鞋，所以毫不犹豫地随拍完戏的演员走过河套，登上了停在公路上的客车。尽管车开得很快，可到达满归已是五点，商店、邮局都关门了，最后把胶卷交给了果斯克请他在乡里邮出去。在镇招待所的大镜子里突然看到自己晒黑了的脸、一身脏衣服和脚上穿坏了的胶鞋，真有些不习惯，看自己都有些陌生。然而，我心里却感到很充实，为此独饮了一瓶地方特产的红豆酒！到房间里洗了头和脚，环顾四周：干净明亮，这里确实和山上不一样！

► 9月4日

一夜睡得很好，平直的床板真是舒服！早晨六点左右起来，天色雾蒙蒙，小城逐渐开始喧闹起来。从窗子里往下看，昨天来的大客车疾驶而过。按昨天约定的，我应该在林业招待所等车，现在去已经来不及了！索性留下买完衣服再回去。今天巧遇原艺校同学老张，他是北京电影学院内蒙古班来拍电影的。非常遗憾，由于我们去商店买衣服和鞋而误了去山上的汽车，我被他当成客人在这里受接待。我又抓紧时间在电影院看了美国电影《游侠传奇》，真没想到，影片中有印第安人的撮罗子，几乎和鄂温克族人的一样，门前也有支起来的木头架子用来晾晒猎物，这是个意外的收获！

夜里在招待所突然醒来，对着耀眼的日光灯、白雪似的墙壁、油漆地板，竟不知是在什么地方，当时还以为是睡在“布景”里。看来对这样的环境有些不习惯了。

▶ 9月5日

早晨天阴沉沉的，公路两侧的山呈各种颜色，在暗灰色的天空衬托下，更有北方风景的壮观。天很冷，拍电视的人们情绪低落，他们进展缓慢，似乎很难完成计划。尽管汽车颠得很厉害，但人们都伏首瞌睡，谁也不讲话，气氛沉闷。

张同学和我一同坐上这辆车，在我住的撮罗子里，他和我们一样坐在地上围着火烤鹿肝、烤犴肉、喝酒、吃辣椒。鄂温克族人代我热情地招待了他，并连连竖起大拇指对他说我“包格道”（汉人）好！

午后张同学和拍电视的都走了。我拿出相机观察四周的风景，真是太好了！但突然发现，相机里的计数器由原来的16变成现在的26，就是说最后剩下已经不到10张片子了！

▶ 9月6日

上午拍电视的又来了。老头派人来问我去不去打猎，其实打猎我确实不想去了，但是现在既然没事，还是答应去。在最短的时间里整理好行装，带上了照相机、闪光灯，到老头的撮罗子门前。撮罗子里刚好有昨天采的牙格达制成的甜果酱，我在外面抓紧拍了一张连同列巴、鹿奶在内的饮食照片。九点出发，我们把东西都背在身后，老头和小英还各领一条狗。路途中拍了“出猎”“砍路标”的照片，走出约两个小时开始翻过一座高山，这里是黑龙江省的属地。笔直的松树，有四五十米高，都是没有采伐的原始森林。走出谷地，使我惊讶的是这里竟有非常好的公路——看样子没有使用过，静静地躺在等待采伐的群山之中！路边倾斜着一台被遗弃的推土机，更增添了几分寂寞。又走了一会儿，路过一座大水泥桥，一侧是高大笔直的树群，河水从中间静静地流过，用相机观察，几次想拍，最终还是放弃了。这时，老头和小英已走得离我很远，在前面的公路上只是两个小黑点，我赶紧追，忍受着两肩背行李的痛苦！脚走得麻木了，天开始发阴，走上一个大坡又看到远方的森林，真是漫漫长路啊！

……终于在午后五点多走下了公路，在一河沟边开始安营。这时天空乌云滚滚，很快就要下雨了。老头放下东西就砍树条搭临时撮罗子，我们则捡木柴准备烧火。不一会儿，一座扇形的半开撮罗子搭起来，但雨点也开始掉下来，我们赶紧把东西放在下面避雨，可是老头不管什么条件，都是按着自己的规律进行，他依然背枪牵狗出去了。快黑天时，他才悄悄回来，什么也没打着。我拿出了酒，这是临出来时带的一瓶，在此时此刻可是相当水准的享受了。可惜没有肉，只有辣椒和榨菜。晚上睡得特别舒服，呼吸大森林清新的空气，雨点打在塑料上，我们一点没淋着。

▶ 9月7日

上午按着老头的布置方案，我和小英顺着公路走，老头去河套，我们都领狗，想从两个方向发现犴。可是一个上午什么也没看着。中午默默地吃完东西又开始搬家。在一个修路时遗留下来的推土台下，放下了行李，又准备好过夜篝火用的烧柴，然后和小英领狗顺着杂草丛生的河套走。经过密林和沼泽地发现一个静谧的水塘，四周被树挡着，光线幽暗，片片黄叶飘落在水面上，心里不自觉地赞叹真是一个好风景！这里也是犴喜欢来的地方，我想要是拍到一张犴喝水的照片，那就实在太美了！

离开这里，又和小英走在寂静的公路上面，毫无目的地走，正是感到太累、一点精神都没有的时候，突然，狗在前面公路边上叫起来，一声比一声紧。我们立刻振作起精神走下公路的一侧，偷偷猫腰向前摸，发现公路下面一只灰色的庞大动物在狗的狂叫下慌慌张张地向这边走来，小英隔着公路很快地开了一枪说：“打着了！”我们跃上公路，看到犴已倒下，这时狗也不叫了。小英高兴地跑过去坐到犴身上，我兴奋地叫他向空中开枪，告诉老头，我们打到东西了！他们常有这样心理，你跟着出猎打到猎物，就说明你带来了“吉利”。上次我跟出去打到两只犴以后，他们似乎对我也有种信赖。几十分钟后，老头听到枪声背着东西过来，他和小英扒皮开膛，我在一旁拍了照片。

天渐渐黑下来，老头决定让我和小英回到推土台那边把行李全部背过来。当我们走到时天已很黑，突然，狗又在黑暗里急剧地叫起来，小英跑过去连连开枪，我只看到一条条火舌，其他什么也没看清楚，但是一只犴又被他打着了！他情不自禁地向空中连发数枪，过了一会儿，老头听到枪声果然又回来。他很高兴，虽然没说出什么来，但是，一定认为，这么丰收还是我给带来了福气！我们在黑夜中笼起了篝火。因为时间很晚了，老头和小英只把犴的内脏掏出来，临走时拿一块犴肝回到营地，他们知道我喜欢吃这东西。

▶ 9月8日

早晨天色阴霾，我们起来，先在昨天夜里打犴的地方继续完成解肉、挂肉的任务。白天看，这里杂草丛生，昨天傍晚的犴是在附近的沼泽地喝水被狗发现的，然后中了小英的子弹，跑出不到百米，倒在这里。附近都是密密麻麻的杂木林。在这里，我给砍树条、挂肉，也拍了几张黑白照片。处理完毕，又回到昨天第一次打犴的地方，同样是解肉、挂肉，因为当时老头还没做完，就被枪声招呼到那边去了。

约八点，一切都处理完毕，我的行李也打好挂在肉旁边的树上，我们开始往回返，然后由妇女牵驯鹿驮回去。

一路真是不好走，有时就是蹚着溪水走；有时是走沼泽地，还要钻过横七竖八的倒木。途中在大桥吃饭，这里是当年大桥施工的工棚残址，破帐篷架子、空锅灶，地上零乱的废物、纸片，一派人去楼空的景象。老头在这里烤了乌鸡，我拍完了最后一张彩片。

晚上八点疲惫不堪地回到点上，在老头的撮罗子里喝了酒，吃了土豆炖豆角，感到特别可口。虽然还是在山上，条件也比城里简陋，可是却像是回到了家。本来我要回到小景的撮罗子里睡觉，但是他们非叫我在帐篷里住，这里除了小英，还有他的两个姐姐。因为喝了酒，我感到头疼，浑身难受。夜里不知什么时候下起了大雨，一直哗哗地打在帐篷上。

▶ 9月9日

雨一直下到上午九点多也没有停，本来小英约我今天还去和他打猎，现在正好下雨，取肉也去不成了。快到十点，回到我住的撮罗子，身体实在太疲倦了，外面又下雨，吃过东西继续休息。

午后两点多，外面还在下小雨，这种天气我想不会去驮肉了，可是唐克、叶莲娜、达吉扬娜在外面已经整理好驯鹿，正准备出发。小英一再要我去，还得跟着出发！看来，他们是太相信我的“运气”了。我穿上了雨衣跟在后面走，在细雨中，山上的红、黄树叶，变成一种紫蒙蒙的色调，由八头驯鹿、三个老太太、两个男人（不算我）组成的一支猎队，使这孤寂的山林景象，散发着一种北方狩猎民俗的情调。

四个小时以后，天渐渐黑下来，森林、树木开始显得凝重了，我们在森林里安营了。现在树上、草上到处都是水，衣服和鞋也全是湿的。妇女们不声不响地卸驯鹿的鞍子，阿安则用他那暴起青筋的手臂，搭起个大半圆形的撮罗子。我们用树枝打掉草上的水珠，中间笼上了篝火。睡觉的时候，我们三个男人在里面（玛鲁席）。我把从驯鹿鞍子上拿下来的垫子铺在草上，我们是头朝撮罗子的弧形一侧，脚朝篝火。妇女们在最外侧睡，她们睡的地方更容易淋到雨点。这一宿特别冷，一直在刮风下雨，因为我的鸭绒被没带回来，只好和阿安用一个盖着上身，下肢本来就湿，开始睡觉是烤篝火，可睡着了，篝火也不旺了，雨丝经常淋到腿上，又凉又湿，经常冻醒，只好起来把同样被淋湿的木头往一起聚，让篝火烧旺。这时我看到他们都蒙着头任凭雨打到身上，仍然睡得很香。约五点，老太太们起来了，她们才真正点旺了篝火，并砍树给鹿做绊子。我的腿下感到暖和了一些，继续睡觉。

▶ 9月10日

七点多钟，我们继续前进，顺着公路走。快十二点，先到第二次放犴肉的地方，把肉驮到第一次放犴处。我们要在这里住一宿，第二天清晨往回返，所以到达后即开始准备宿营地。现在，我们营地周围是大块大块的犴肉和八头驯鹿，我看这够气魄的，称他们为狩猎民族，真是名副其实！午后运气又来了，小英又打到一只犴。这样，八只驯鹿往回驮三只犴，就显得吃力了，所以在砍肉的时候，不得不扔掉一部分。

傍晚，天刚开始晴了起来。今天晚上我有自己充足的铺盖，烤着温暖的篝火，与昨天形成了鲜明的对比。

▶ 9月11日

早晨还在朦胧之中，就听到篝火噼啪作响，妇女们用鄂温克语细细地唠叨什么。渐渐地，太阳出来了，一块一块的红肉在阳光下反射着光亮，鸟儿在林中鸣叫，篝火旁烤着肉串，还有犴的肝、肾，几天的阴雨霉气一扫而光！

上午基本就是休息，我在沟里洗了头发。这些天，头发里落进很多烟屑，因而油腻腻、乱蓬蓬的，洗完了觉得一阵清爽。然后又拍了几幅营地黑白照片。

午后两点开始往回走，一气走了四个小时，快六点到了我们来时途中的休息营地，然后又是卸肉、搭撮罗子……明亮的篝火刻画着人们吃肉的姿态，老太太们熟练地用猎刀往上拉咬在嘴上拽长的肉块，阿安也随时解下他的电工刀给

在临时营地

我使用。我发现，在这静谧的森林里，他们都用鄂温克语讲话，虽然我不懂，但并没有什么妨碍，相反，给我一个遐想的空间。我躺在鸭绒被里仰望夜空，一轮皓月从林中升起来，一颗非常明亮的流星飞掠过……深夜，森林里不知是什么鸟常常发出类似口哨似的叫声，鄂温克族人认真地说，这是“特务的联络信号”。这当然不对，但是由于他们的提示，倒真像有一种莫不可测的生灵在黑暗里活动，因而夜里常被这种声音惊醒！

▶ 9月12日

一醒来就是七点多，今天又是好天气。被子外面被霜打成湿乎乎的，显然是夜里的温度很低。快八点，我们又踏上了归程。今天的路仍不好走，要翻过一座有很多倒木和枝条交错的山。阿安在前，手持砍刀开路，我跟在后面，有时在几个方向拍照片。在山顶上，树叶差不多全变黄了，落了叶子的白桦露出了秀丽的枝条，地上飘落一层秋叶，看到这种景致有些令人感到悲哀！这时，果斯克夫妇和孩子骑着驯鹿来接我们了，从这里到达点上大约还有十里地。他一见我的面就说，这次打猎的丰收，是因为我有福（小英已提前回去说又打了一只犴）。

午后一点回到点上，电视台正热闹哄哄地拍戏。我洗完脸和衣服，又拍了几张服饰，感到演员的气质毕竟和猎民不同，不很理想。

在撮罗子里，阿索拿出一瓶酒，把我和他岳父让在里面的主要位置上，还有几位拍电视的人员共同喝酒，其态度极诚恳热情。老头也常用鄂温克话向他们说些什么，我猜大意可能还是把打猎丰收和我联系在一起的话，然后每次酒轮到我这儿都要重新倒满。看来他们是真正相信“运气”了。晚上关节疼痛难忍，打猎实在是太辛苦了！

▶ 9月13日

我准备今天晚上就去满归住，本来已经打好了行李，阿安把我的行李也送上了车，结果司机说汽车弓子坏了，拉不了那么多人，我想他是有意非难我。我和他吵了起来，最后只好把行李扛回去，还是睡在坑洼不平的土地上。

▶ 9月14日

上午等车，现在我感到轻松了！可是看着飘落的树叶，心里突然有一种说不清的情感。我是走了，他们还要在这深山里继续过那些艰苦的日夜，他们心里想些什么呢?

午后，小陈、玛尼夫妇开卡车上来，我搭他们的车回去。临别前在几个撮罗子喝了为我送行的酒。喝多了些，我感到有些头昏，汽车开得飞快，身上冷飕飕的……在满归林业招待所下车，一进门就是“满员”二字，只好住国营旅社了。一间二人住的小房间，我对这种生活环境另有一番感触。

晚上到林业招待所看望电影学院的张同学，结果遇到套克图，他善说、猛喝，一股完全不同于鄂温克族人的蒙古气质，我和他都喝了很多酒，夜已很深，我趁小厕之机溜回国营旅社。第二天将回鄂伦春自治旗。此次我在山上已有两个月。

1985 年 *1* 月，虽然呼伦贝尔盟展览馆展出了我的照片，但我一直觉得狩猎的场面不理想。这样，我又随鄂温克族猎民到漠河境内狩猎，然而，经过漫长而又艰难的雪中跋涉，最终无获而归！

冬猎“北极村”

1985 年 3 月 8 日—3 月 24 日

▶ 3月8日

据说阿索不上来，午后我们也出发了。所以吃完早饭，在我住的撮罗子里，叶莲娜老太太就开始打点行装。拉吉米的撮罗子和住在帐篷里的姑娘也在做准备。她们这些天打了很多列巴（类似面包）一摞一摞地用布包起来。

今天已确定我们出猎的共有七人：拉吉米（不到七十岁）、阿索（四十多岁）、叶莲娜（女，五十多岁）、莲娜（拉吉米三女，二十多岁）、罗立克（拉吉米四女，二十多岁）、小景（二十多岁）、我（四十六岁）。我除了随身携带的相机和装胶卷的背包外，行李也由叶莲娜打，因为用驯鹿驮东西，都得打成整整齐齐的小包，有些扁、薄，这样是便于在树林里通行。不一会儿，阿索上来了，我们又准备了一些粉碎豆饼和盐，用来路途中给驯鹿吃。为了适应远行，莲娜给我找来一双“哈木楚乐”鞋换下了我的黑皮靴子。这时出猎用的驯鹿已经全部拴在树旁，这些鹿是从拉吉米、叶莲娜、景山三家的鹿群里挑选出来的，总共有二十三只。要带的东西堆在雪地上，妇女们来来去去地整理行装，显得很忙碌。

吃完中午饭，我和拉吉米老头先走。他们要在后面给驯鹿备鞍子、驮东西，因而我不能看到猎队离开点上的场面，感到很遗憾。拉吉米老头因为中午喝了酒，走路有点晃，所以手里支根棍子。他穿的是犴皮套裤、“哈木楚乐”鞋，背7.62毫米口径步枪。我除了相机，也背了一支小口径枪。

开始，我们在林子里走在驯鹿踩出的坑坑洼洼的雪地上

拉吉米老头在打口哨学飞龙鸟叫

还稍微好些，可是走远了，就完全是没有足迹的厚雪，每踏一步，雪深至膝盖，身体需要左右摇晃才能拔出两条腿，我不一会儿就气喘吁吁、汗流浃背了。可是老头却显示了他的良好素质，把我愈拉愈远。这时，天空阴沉沉的，把树林和雪地也罩上了一层暗灰色。我已经顾不过来欣赏什么景致，头脑里想象着给远方的小朋友们，讲述这北方森林里鄂温克族的故事……实在走不动了，我把子弹压在枪膛里，干脆坐在横倒木上休息起来。不久，鹿队从后面叮叮当当地上来了，他们仿佛带来一身热气。阿索在最前面领队，后面是景山，中间两个姑娘，最后是叶莲娜老太太。每只驯鹿上都巧妙地驮绑着东西；和夏天不同的是，好几只驯鹿上压着滑雪板、铁锹。每个人牵四五只驯鹿，而且是一只连着一只，在林子里行进，就像列车一样，蜿蜒流动。显然，他们是在后面追赶我们一阵子了，但仍是一副精力过剩的样子。

天空开始落雪了，光线虽然很差，我还是情不自禁地拍了几张照片。我们走了一会儿，积雪里突然出现了路基的轮廓，开始我感到很奇怪，在原始森林里怎么能有路基呢？后来阿索告诉我，这就是黑龙江省图强林业局的属地，距离漠河不远了——我们已经走进了“北极村的森林”。

天，渐渐地暗了，大块大块的雪团在空中飘落下来，打在脸上又凉又痒，可是现在还不知道在哪儿安营过夜呢。

越走越黑了，终于盼到安营！雪还在下，看什么都有些朦朦胧胧。我们在松林里卸下了驯鹿驮的东西，抓紧扒雪，笼火。

琥珀色的篝火亮起来，我们借着光亮忙乱地支着帐篷、架炉子，不一会儿，就围坐在小单帐篷里烤火了。阿索把带来的酒和罐头拿出来，又煮了一块犴肉，在铁炉子上烤上列巴。我们坐在地上，铺了一层樟子松枝，整个小帐篷里弥漫着松树的清香气味。

仅一布之隔，外面就是漆黑苍茫的风雪森林，听着风雪打在帐篷上的沙沙声响，心里真有一种难以描述的幸福感。这情景使我感到，我们好像是因纽特人。

大家的情绪都非常好，在黄融融的烛光下，他们用鄂温克话交谈，阿索经常把大家说乐，老头也经常说笑话，帐篷里响起阵阵哄堂大笑声……估计今天走出三十华里。

▶ 3月9日

一夜睡得很好，鼻子里一直有凉丝丝的松树味。清晨出外一看，夜里的雪给外面的驯鹿和猎狗都穿上了“雪装”。我们不能拿到帐篷里的东西也被雪压在下面。雪原、林莽、驯鹿、猎犬，构成了一幅“北极村”的景致。吃完早饭，拉吉米和景山背上枪，穿着滑雪板先于我们一步出发，雪地上留下他俩走过的长长压痕。

我们要重新“武装”好驯鹿才能出发。我只能帮助拆帐篷、拆炉子，而阿索和妇女们要把昨夜打开的东西重新整理好，再给驯鹿备鞍子、驮好东西。妇女们都是默默而又有条理地忙来忙去，时而到没烧完的木头火堆上烤烤手。

当长长的鹿队出发的时候，太阳已经完全消失了红晕，四周一片银白，雪的反光刺得我们睁不开眼睛。我们在没有走过车的深雪里蹚行，刚一出发，就感到了不能像平时正常走路那样轻松。现在，每迈一步都要克服积雪对腿的阻力，好不容易才走出两华里左右，到了光滑的运材公路上，才顿觉如释羁绊。

走出四五里后，公路下边出现了一栋小工队的房子，老远地就看到有好几个工人站在公路上看着我们到来。原来是我们先出发的两位猎民已经醉在这里了！阿索只好下去找他们。不一会儿，老头背枪先走出来，他身子摇摇晃晃，看样子有些迷糊，但是两只猎犬却兴奋地扑过来，狗亲切地好像在他脸上寻找什么答案。小景在后面出来，长长的头发散落在大红脸上。

我们继续前进。这时，迎面开过来一辆汽车，小景不知什么意思朝汽车端起了枪！阿索大喊了一声，然后跑过去把他的枪背过来。小景落在后面一会儿摔倒，一会儿坐在地上，我们无法管他，继续前进……

不停地走了六个小时，腿和脚都麻木了，看着四周单调的风景，头脑里也像麻木了一样。阳光的色彩已经偏黄，心里早就盼望该休息了，终于走下了公路。

这是一片又高又密的樟子松林，黄色的树干和深绿色的针叶，在夕阳的映照下，色彩显得更加浓郁。树下绵绵沙沙的积雪，淹没了鹿腿的大半截，狗在雪地里像凫水一样。我真不能想象，如何在这么深的雪里过夜。我们察看了四周，因为没有干烧柴，又掉转鹿头重新上了公路。又走出三里左右下到公路的另一侧，这边是褐色的落叶松树林，地上同样也是厚厚的积雪。我们在林子里艰难地走了一道弧线，最后在贴近公路不远的地方停下来，仰望四面都是大树，公路背靠着一座屏幕似的大山，这里看上去很背风。

大家停下来，各自把驯鹿拴在树旁，卸东西，摘掉鹿笼头，然后开始铲雪，铲到露出草皮。在雪上，我们挖一个雪坑，帐篷支在雪坑的中间，四面有高高的雪墙。帐篷里围着炉子，铺满了鲜绿的松枝，坐在地上就像是在雪屋里一样。在这里，最能体现人和自然最直接又最密切的关系。

我们搭帐篷的时候，小景蹒跚着赶上来，他的酒劲已经

骑鹿的猎民老太太

过去了，脸上多少有些疲劳和不自然，但是谁也不介意什么。

天黑了，小帐篷里的铁炉子烧得很热。今天我们喝了两瓶酒！阿索不时地举起装酒的缸子高呼："打猎万岁！""鄂温克万岁！""老顾万岁！"老头也跟着喊，看样子大家相当高兴了，我回敬喊："鄂温克万岁！""老头万岁！""打猎丰收万岁！"小帐篷里的气氛达到了高潮——也意味着猎获的丰收！此时，小景又有些醉了，不知对老太太说了什么（鄂温克话），最后老太太恼怒了，毫不客气地拿起茶缸底敲了他的脑袋，但他并不还手，只说"好！"（好像是"记住了！"），又说些什么，老太太又拿起木绊子向他腿上砸去，这情景真让我感到害怕，但是别人都看着，而不相劝。又过了一会儿，阿索忽然从坐着的我们前面风一样地扑过去，摁倒老太太，这时民族语言的声调也达到了高潮，他好像在"教训"老太太，但是不久就平息了。今天估计走出六十华里。

▶ 3月10日

本来今天要继续前进，但没想到早晨有七八只驯鹿跑回去了。我和阿索、景山撵出二十多里。阿索只穿着毡袜追，但是最后也没见到驯鹿的影子。这是我们出来遇到的第一个麻烦。

吃完中午饭，老头和小景身上都背了很多驯鹿的笼头，回点找鹿去。小景走路腿有些跛，那就是昨天晚上喝酒后被老太太用木绊子砸的结果。他除了自己说腿疼，又不知是什么原因。其他互相之间没有任何不快。据他们说，从近路走到点上来回也得一百五十里地，我看这两天的路程已经够艰苦了，他们如何再走这么远的冤枉路呢！我几乎连想都不敢想，真是从心里敬佩他们！

妇女们为了防止剩下的鹿再跑了，给每只鹿都做了一个绊子，挂上绊子的驯鹿就不会跑远了。这些驯鹿悠闲地在林间雪里找东西吃，脖子上的铜铃偶尔发出清脆而又单调的响声。

既然不能走了，我的工作还是找“站杆”，准备帐篷里的烧柴。今天我们好像休息日一样，我补上两天的日记。据说，离我们这儿十多里地就是朝满林场，那里有供销店。

► 3月11日

今天决定我到朝满林场买些吃的去，阿索出去打猎。他今天打扮得很像样：黄色鹿皮夹克上衣、套裤、哈木楚乐，背枪，挎刀，穿滑雪板，典型的猎民装束——冬猎行装，而且一副踌躇满志的样子。我估计他是怀着“预演狩猎”的愉快心情。

我刚一上公路，正好搭乘上一辆运材汽车去朝满林场。两旁山野飞掠而过。

林场虽然不大，但有机关、小学、卫生所、商店、修配车间、职工家属住宅，是个小社会。我发现在荒野里旅行，来到这里，就像有一种安全感和踏实感。在医务所里顺利地给阿索开了药，又到隔壁的食堂买些吃的，他们尽量满足了我的要求，还主动问我还要不要韭菜花。在商店里，几个女售货员正围成一圈，闲坐在大汽油桶改装的铁炉子旁边烤火，她们把目光一齐投向我。这是一个小综合商店，吃的、穿的、用的什么都有一点，一排衣服、裤子无精打采地挂在上面，屋里冷冷清清。她们都吵吵嚷嚷地大声说话，但是很善良，对于我们的狩猎活动也很惊奇。有个妇女要去看看鄂温克族猎民的“四不像”（驯鹿），但我说那是在十公里之外的树林里，她的表情一下变得想都不敢想的样子了。我在这里买了糖块、饼干、酱块，加上在食堂里买的葱头、韭菜花、咸菜，也是沉甸甸的一兜子。回来是步行，走在光滑的公路上，一个多小时也就不算啥了。

从公路上看，我们的小小营地在树林中，白雪清晰地衬托着帐篷。一条条树干、几只驯鹿，情调很幽静。

不一会儿，阿索回来了，他什么也没有打着！他说雪太深，没看到野兽的足迹。

午后三点左右，老头子和景山在公路上风尘仆仆地回来，后面领来一群响着铃声的驯鹿——果然是跑回点上去了！这些牲畜还是抄近路走的荒道。如果不是眼见为实，我是不会相信动物有这个本事的。更佩服老头子和小景，他们在这么短的时间里往返一百五十多里，又是那么难走的道路！现在，我们的小帐篷里立刻热闹起来。

晚上老头躺下睡觉时，用不标准的汉话开玩笑地说：“水交曲！水交曲！”（睡觉去！睡觉去！）小帐篷里又是一阵笑声。

▶ 3月12日

因为要赶路，今天起来得很早。我用黑白卷拍了一些出发前的镜头。尽管小景在酒上欠控制，但干活很麻利，他常因我干的活不合格而大声训斥我，然后自己打开重来。看他那挂着污垢的脸，想他喝酒不顾后果的表现，真不知这是什么精神。

出发很长时间都是在树林中深雪里走。前面由穿滑雪板的阿索、老头、景山破雪开道，妇女们骑在鹿上。我走在最后面，这样，雪的阻力小一点，但西北风常把前面溅起的浮雪吹到我身上。猎狗也不愿意离开这条由人、鹿踏开的雪沟，它常是惊慌不安地弓着腰走在两只驯鹿的中间，一不小心就被后面的驯鹿踩上一脚，然后哀号一声跑到鹿队的后面。

大约三个小时以后，我们到了一处林业小工队。这是一座用木头搭的、很不整齐的大破房子。一进门，里面最显眼的地方是锅台、案板、锅碗盆，很像个食堂；两侧有床，又像是宿舍。地上坑坑洼洼、湿漉漉的，一个大铁盆里泡了很多肉皮。这个小工队由个人承包了，几个合得来的工人凑在一起在这里集材、运材，都是拼命地干活，还雇一个做饭的胖女人，每月也挣三百元。因为语言关系，由我和阿索出面与他们联系吃午饭。女人很会说话，给我们馒头、咸菜，说什么也不要钱，但我们问有没有酒，要买两瓶时，他们都是异口同声地说没有，可是我不相信这里没有酒。门外一堆冻白菜，我们临走时要了几棵。

猎民姑娘罗在行进途中抓紧时间坐在雪上休息

从这里出去已经是午后一点多了，又走进了密林，这时天阴起来。这里的雪格外深，走在这里的每个人都很费劲，每当一停下来，前面的罗姑娘就一屁股坐在雪地上，顺便抓一把雪填到嘴里，汗从脸上淌下来，脸色不知是冻的还是热的，肿胀潮红，又不知她心里想到什么，她总是很少说话。

傍晚，我们在一片大森林里搭帐篷，估计今天走出六十里。已出来五天，还不知要在什么地方打猎。晚上感到很冷。

► 3月13日

今天仍然起得很早。但出发没有多长时间，我们就在一个有樟子松林的小山坡上搭起帐篷。这是一个前后左右都有山丘的地方。白雪在蔚蓝色的天空下放射着耀眼的光芒，嫩黄色的樟子松绿叶显得格外鲜艳。这是我们第一次在上午安营，我估计狩猎的地方到了，心里感到极其愉快。

拉吉米老头在我们没到来之前，已经穿滑雪板在周围看了情况，说附近什么也没有！大家听了都不大愉快，但是谁也不怎么多说话。这是出发的第六天。

午后三点左右，吃完东西，老头、阿索、小景三个猎手都穿上了滑雪服，分别沿着三条河流找猎物去。天黑以后陆续回来，仍然是一无所获！老头回来最晚，他一边脱衣服，一边用鄂温克语说话，我从大家入神听他讲话的气氛感到似乎有什么事情发生，但在每个人的表情上又看不出究竟是什么意思，后来阿索用汉语告诉我："老头看到犴了，打了一枪，低了，犴跑了！”我感到这是个好兆头，因为毕竟看到东西了。

现在，我们的伙食已经明显地单调，只有大酱和咸菜了。在帐篷里的伙食实际是分两组：老头、女儿、阿索这个亲族关系是一组，叶莲娜、小景是另一组。每组基本吃自己带来的列巴和其他副食，但是老头家的东西多、丰富，别人也吃，并没有什么严格的界限。我是两组都吃。酒是阿索和我买的，每次喝酒，他说多少我就给倒多少。

几天来腿关节疼痛难忍，这是因为走路过于劳累和着凉的关系，所以每次安营，我都把很多鹿垫子铺在下面，夜里还是常常睡不好。我们都是和衣而睡。由于我盖的是狍子被，衣服上总是沾了很多狍子毛，每当我从地上站立起来时，这些细毛总是纷纷扬扬地落下，害得他们扇着手躲开。经过六天的跋涉野营生活，胡子长长了，嘴唇风干得肿胀起来。现在还没打着猎物，我感到有些狼狈了。

▶ 3月14日

因为昨天看到犴，今天一早，拉吉米和阿索背上“背夹子”，领狗出去了。看到他们一出帐篷就在积雪里艰难行进的样子，心里真是寒意凛然！小景没出去，和我一起弄烧柴，这样我感到轻松了很多。我估计今天或明天差不多能打着东西了，可是从鄂温克族人的脸上什么情绪也看不出来。女性们只管忠实地管理驯鹿，特别是跋涉途中，每个人都牵四五只，而且还要随时处理驮载中发生的问题。每到一地或起程，她们都格外地忙一阵，此外还要负责饭食、烧水。这两天没有连续行进，她们才比较清闲一点，有时到外面看看驯鹿，也常常在光线暗淡的帐篷里，坐在皮子上吃东西，或是逗狗玩，老太太缝手里的笼头。女性从不到男人的位子上坐，并笃守这个规矩。我看她们除了干活，平时很不活跃，不知内心想的是什么。

在深雪中行走的困难是我过去从没有想到的，现在已经证明我不会使用滑雪板，还有严重的关节炎，一般的行走已经很困难了，根本无法想象再随猎民出去察看野兽的行迹。现在，能够在营地里休息，我已是感到十分珍贵了。于是我利用这段休息的时间补上昨天的日记。

晚上，两个猎手回来，又是什么也没有。他们说雪深，狗也不愿意出去撵。两个猎民看上去很疲劳，但是情绪仍然是乐观的。

▶ 3月15日

本来以为在此能够多住几天，没想到今天还得搬家。开始是顺着河道走在冰上，这里的雪比较浅，走路不觉得太困难。我要求他们骑上驯鹿，这样我从前面拍了照片。这是一串很长的鹿队，可惜枪都绑在驯鹿身上，从狩猎的特点看，照片不算很典型。经过河道又转向山路，树林里的雪既深又不平坦。雪淹没了狗腿的全部，只露着身体、头部以及尾巴。它无法正常行走，只能弓着身子一蹿一蹿地向前跳跃，我想起了猎民说它不愿意撵猎物，猎犬也是没有办法的。

我们走出林子，在一块较平坦的开阔地上突然发现一具被狼袭击毙命的犴尸，上半部分的肉已经被掏空，露出粉红色的肋骨架，下半部分埋在雪里。雪地上，印着狼踩的密密麻麻的足迹，一个硕大的犴头虽然已被撕去皮肉露出白骨，但那咧着嘴的姿态仍然让人感到痛苦。阿索说，这是被狼掏死不久的犴。看来人没得到的东西，狼得到了！猎犬也在这里饱饱地享受了一顿丰盛的美餐！

我们继续前进。这一带经常出现动物的足迹，有狼、犴、鹿，还有犴的粪便，还发现有犴曾经睡过觉的痕迹。在这里我们走走停停，猎民们在前面不时地观察足迹，狗也在地上嗅着找什么……

我的脚已经被“哈木楚乐”磨坏发炎了，一碰就疼，所以只好用手绢包扎起来勉强走路。棉衣、围脖、手套都不能戴，还是大汗淋漓，走路有些像“连滚带爬”的样子！

傍晚，我们来到一片小树林里面，这里是银白色调很静谧。据说这一带狼很多，陡然增加一层恐惧心情和神秘的色彩！

帐篷里的铁炉子冒烟，呛得难受，阿索仍不时地说笑话。

▶ 3月16日

昨天夜里后半夜才睡着。早晨还没完全醒，就听到老头、阿索、叶莲娜老太太在窸窸窣窣地打点行装。我不明白为什么还要走，这地方不是有很多野兽的足迹吗？

今天天气非常恶劣，天空飘雪，一片灰蒙蒙。彩色胶卷没剩几张了，今天也不想再拍什么，心情似乎和这天气一样不好。现在，我倒更像个残兵败将，浑身不住地流汗，脸上的汗滴落在雪地上。脚的伤口愈来愈重，身体好像在发烧，浑身关节疼痛。行走中，我常常是用手拉着树枝向前拽动身体，有时一不小心跌倒在雪里，就更是痛苦了，从埋着身子的雪里站起来，几乎像在进行生命最后的挣扎！脖子里、袖筒里、相机上都是雪，我从心里感到吃不消了！此时我真想在雪地里休息了，安静一点，会好些。但是腿还是在向前进！

后来，我骑上了驯鹿，这是第一次骑。驯鹿好像不适应我骑，伸长了脖子，发着类似干咳一样的吼声拼命地跑，可算有了代步工具的我，又怎么能让它轻易地把我扔下呢！我怎么也不能松手了，紧紧抱着驯鹿的脖子，迎着雪花，撞过一道又一道的树枝，树枝发着哗啦哗啦的响声，急速向后掠去……刹那间，我好像是骑了一只飞翔的鹿，离开地面腾飞了！我这一幕给鄂温克族人惊呆了，连平时不爱说话的罗姑娘也突然笑起来，她说我的鹿“骑绝了”！可是我笑不出来，我好像是抓住了救命的稻草！

午后两点多，我们又在一个山坡上搭帐篷，这时仍然是漫天飞雪，天地混沌一片。望着这空蒙蒙的世界，我们好像孤零零的，身上以及驯鹿和所有的东西都落满了雪，人们眯缝着眼忙乱地干活。我因为骑上了驯鹿，现在浑身冷得发抖！

今天途中又发现一具被狼吃剩下的犴尸，打不着猎物的猎民只好上去捡干角！我拍照片时从心里感到：我们这一次狩猎失败了！

▶ 3月17日

今天风平日和，三个猎手擦完枪都出去打猎了。我从后面拍了他们出猎的镜头。我忽然发现他们打猎的衣着都是有些“不伦不类”的：老头的帽子后面耷拉一圈手巾，像是电影里的日本“皇军”；阿索的一身皮衣服倒是很质朴，但是帽子是鲜艳的“绿童帽”，与他的衣服很不协调；小景穿着棉袄棉裤打着裹腿，像个汉族农民。

不一会儿，老头回来了，他说头迷糊，这是他第一次休息。据说这里有五头鹿、两只犴。

今天我还是为帐篷弄烧柴，在雪里无论砍树还是往回扛树都很费劲。干活的时候，我听到远处有枪响，觉得这会儿差不多应该是打着了，可是最后仍无所获。我分析原因，可能是雪太深，猎狗失去了作用，单凭猎民的体力又难以追上野兽，打不到东西也是自然的事。

▶ 3月18日

今天天气很好，拆帐篷，继续前进！实际上我们已经是开始往回走了，根据开始出来的方向判断，我们先是向北走，然后向西拐，现在是回去的方向，走的路线大约是“7”字形。

脚上磨破的地方已经溃烂，所以较多地骑上了驯鹿。今天骑的这只驯鹿的皮好像很滑，坐在上面不是往这边歪，就是往另一边歪，有一次从这边刚上去，就从那边大头朝下地掉下来。骑驯鹿不像骑马那样有蹬子，往往需要踩一个树桩子或横的树木，借高才能上去，所以即使骑上也是胆战心惊。

中间，我们在一座高山下暂时休息一会儿。这座山的一面覆着皑皑的白雪，山顶上覆盖着樟子松，掺杂些白桦，景致很秀美。拉吉米老头到这里，已经点好了篝火（每次出发，他都是先走，后面的大队沿着他的足迹前行，先走一步实际是去打猎）。我们放开了驯鹿，在篝火旁烧水，烤干粮。现在很多鞍子已经空了，却没有我们希望的猎物，我越发感到我们是“高兴而来，败兴而归”！看着眼前在阳光下烤篝火、微微眯起眼睛的猎民们，嘴里嚼着干巴巴的列巴，心里真有说不出的遗憾。在这附近，又发现一具死犴，猎民砸下了犴角，我拍了篝火的照片。

傍晚，走在山顶上，我掉队了。因为我装相机的兜子掉在了雪道上，取回来的时候，前面的鹿铃声已消失。一瞬间，我体会到仅仅是短暂地离开这个集体，也会令人感到孤独不安。倘若我一个人留在这片大森林里，恐怕是连一天也难坚持！当我牵着驯鹿从山上下来的时候，他们已经在山下安营搭帐篷了。就在这时候，我们的运气来了——老太太发现了离我们很近的森林里有一群乌鸡。阿索赶忙拿起小口径枪摸过去，我们十多只眼睛盯看着他一连打下四只（但只捡回两只，另两只可能受伤跑了）。这时天已经快黑，老太太很快脱光了鸡毛。当夜幕低垂的时候，我们也在橙色烛光下品尝野味了——帐篷里不断地响起喝热汤的吸溜声。今天酒比往常多倒了一缸子。阿索很兴奋，样子有点令人不安。他见小景已经躺下，爬过去一把抓起来要教训他。小景很可怜，用乞求的眼光等着挨揍。但是阿索没有打他，又过了一会儿，每个人都蒙在被子里了。这时铁炉子烧得很热，蜡烛还斜着点燃在那里，无人管。我们的睡具又离炉子太近，所以我是一直到十二点才简单地睡了一会儿，一宿感到不舒服。

▶ 3 月 19 日

昨天晚上鲜美的乌鸡汤使我们用酒量比往常多了一点，猎民酒后吐真言了——拉吉米老头用鄂温克话对景山说：“打猎不是玩的事，在没打到东西前照相很不吉利！”——这话是阿索翻译给我的。他还说：“前天出猎时老头看到你偷偷在后面照相了，他说今天出去也是白搭！他不是出去就回来了吗？”听了这些话真吓了我一跳！原来我没从猎民脸上看出什么情绪，却不等于他们没有情绪。我越发对鄂温克族人的性格感到迷惑不解了。其实，能不能打到东西本来就有很多原因，但是他们却突出了原始思维。不管什么原因，我是多么希望猎民丰收而归！为此，在心里也真有几分歉意了。

早晨又出发。如果不是因为打猎要停留，基本是晚上搭帐篷住下，早晨起来就走。现在，我感到虽然在猎民的脸上看不出什么反应，但不用说，我们也是一支灰心丧气的队伍了，我几乎是感到做了一场噩梦。

傍晚刮起西北风，气温下降，浑身冷得发抖。我们临近一个大山脚下，在一片灰色的树林边铲到露出草皮的时候，身体实在支持不住了……

晚上在帐篷里吃东西，拉吉米用鄂温克话对阿索说，要我和小景坐乡里来的汽车再去朝满林场买些吃的。这时候我才知道，原定20日乡里的汽车到指定地点来接应我们了。我想他们一定不知道，这次出猎什么也没打着吧！

▶ 3月20日

坐在帐篷里就能看到挡在前面的这座高山，据说翻过去，下面就是公路。平时要翻过这座山可不算什么，但是现在我每走一步都很困难，更何况还是一座高山？乡里来的汽车在那儿等着。

阿索、拉吉米仍然出去打猎，他们一定是没打到东西，至此也不甘心吧？

我想在十一点以前充分休息，利用这个时间补上日记。我用镜片照了自己的脸——黑黄色，一层干巴皮，嘴已干裂，胡子在下巴上蔓延了一片，真有点粗犷加野蛮了。

走出帐篷就是没膝深的积雪，我直接向山顶方向走，景山穿滑雪板向右坡绕过去，我是想花点力气，走近一点的路径翻过这座山。从山底到山顶大约就四百米，我一步一步破雪向前挪动身体。每挪动十多步，就得靠在树上休息一会儿，虚汗不断地往下流，腿疼得要命，平时大自然的美丽可爱，这时候完全不在意了！现在看什么都像怪物，有的像黑熊，有的像张嘴要吃东西的河马，奇形怪状，头上的树也像在旋转……这真是一场意志的较量，我想起来登珠穆朗玛峰的人们，也想起一个人在雪地上爬出几里地的描写……我用了一个小时终于走过四百米的雪坡，上了山顶，可是看下面并没有我所期盼的公路，下面是一片苍茫树海！我只好继续向下走，不一会儿，景山气喘吁吁地从右面滑雪过来，原来我们都走错了路！“正确的方向应该是往左走”，小景说完了继续向左走，我顺着他的足迹又重新翻过山，走出沟塘，这才看到前面有一辆蓝色的卡车，这时小景已经到达了那里。可是我的腿却说什么也快不起来了，当我很艰难地走到车跟前时，几乎不会走路了！我计算了一下路程，从帐篷出来到停汽车的地方，大约只有四华里，可是我却足足走了三个小时。

随汽车来的一共有四个人——司机父子俩、阿索的妻子堪达和她的小儿子，他们一定以为我们的狩猎是个大丰收。堪达带来半面袋子好吃的东西。我们先乘车去朝满林场买些吃的，又吃了午饭，然后回到原停车点。

当我们回帐篷的时候，堪达不怕雪深，非要跟着去，这是猎民妇女的一个特征，最后因为她的小儿子也哭闹着要去，路又实在不好走，才只好作罢。她带来的东西由小景背着在前面开路，我背小景的枪，这回走的是近道，又因为吃了东西，我们用一个小时就到了帐篷。这时太阳已经快落山了，老头和阿索还是什么也没打着！阿索知道汽车和妻子在公路上等着他，他大口大口地吃妻子带来的馅饼、肉皮冻子，最后把不同的东西装在一个背包里，背上枪，急速地走出帐篷。

至此，我们的狩猎就算结束了——十多天走了五百多华里，一无所获！老头说明天再走一天，我们就能回到点上了。

► 3月21日

拉吉米老头以及女儿和叶琳娜老太太很早就起来，都是不声不响地整理行装、吃东西。给我的感觉是：不管野外什么样的生活条件，打没打到东西，他们都是在正常地生活，老人更是如此。若是汉人就会是“对付一下算了”，可是他们却不这样。

大约九点才出发，我因为腿疼总是落在后面。或许因为是回家的路程，后面的驯鹿总是向前跑，在公路上，它把我摔下来几次，衣服也被它的蹄子撕坏了。在林子里，它顺小道奔跑，我的脸和头发常被树枝刮伤。快接近点的时候，驯鹿好像是发疯似的蹦起来，这可能是它们高兴的表现。

我非常注意“一无所获”回来是什么样的情绪，但是从谁的脸上也看不出一点不快，倒是给我“回来就好了”的印象。我看老头、姑娘们也都很轻松，老太太又匆匆地做起别的活来。

回到点上虽然仍是在野外，但大本营的东西显然丰富得多，在拉吉米撮罗子的玛鲁席（里面的地铺）又摆上了小桌子，我受到热情的招待。可惜小景醉了，晚上我回去睡觉，他对我大喊大叫，还要拿枪吓我，帐篷的几个小青年听到喊声跑过来，帮我“助威”，吓了他一下，最后我搬到别人的帐篷里住了一宿。

▶ 3 月 22 日

早晨，进景山撮罗子的时候，他已经起来了，披着衣服坐在地上抽烟，头发上沾了不少鸭绒毛，样子很滑稽。他主动问我吃什么，态度和昨天完全不一样了。不一会儿，他母亲给我们在篝火上做了大米饭和汤。很平静——仿佛一切都像凝固了一样。

我现在既是等车下山，也是在休息。用剩下的胶卷拍了几个头像，还拍了鄂温克族人“吃烟”的镜头。出猎回来的两个姑娘，这时已经换了衣服，洗了头，在山上这个条件下看也显得精神焕发。

晚上我又回到小景的撮罗子，今天他很平静。小景没事做，无精打采的，不知他在想些什么。

▶ 3 月 23 日

据说 24 日乡里猎业队来车，今天只好干等。早晨在撮罗子里拍了篝火、地上睡觉的人，以及三个老太太坐着的镜头，这些镜头虽然并不算好看，但是记录了撮罗子里的真实情况。上午同景山出去找驯鹿，顺便看看他在山上下的兔子套。外面到处是灿烂的阳光，雪开始融化，靴子也走湿了。非常可惜，没有兔子上小景的圈套。我觉得奇怪，打不到东西，也套不着东西，这些人若真靠狩猎生活，那就得挨饿了！

▶ 3月24日

昨夜刮了一宿大风，常把撮罗子苫布掀开。半夜里醒来怎么也不能入睡，突然想起二十多年前刚离家时的情景……因为刮风、飘雪，只好在撮罗子里看小说消磨时间。中午，阿索、堪达领孩子上来了，拉吉米老头的家庭成员都聚集在这个撮罗子里。我看着眼前的原始狩猎住屋、现代衣着、篝火、兴旺的家庭成员，有一种说不出的感觉。吃饭的时候，我拍了向火里倒酒——敬火神的习俗。

今天最使我高兴的是，堪达带来了鹿皮女服——“那雅麻”，我让阿索动员两位姑娘做了模特，这个镜头唯有在有雪的季节里拍才最理想，今天终于实现了这个愿望，至此，拍完了所有的胶卷。

快离开这里了，尽管我走路腿有点跛，但是回想几天的野居、篝火、被狼吃掉的犴尸以及那痛苦的跋涉，感到还是获得了在“北极村森林”里跋涉五百余华里的经历，获得了对猎民的更深的了解。

快上车的时候，雪下得很大，还是景山帮我把行李扛到汽车上。我在大雪纷飞中告别了山上的人们。我和阿索一家挤在驾驶室里，阿索亲自开车。窗外灰蒙蒙一片，路上看不出任何车印了，但是阿索仍然把车开得飞快，他很高兴，时而愉快地吹起口哨。

回到招待所遇到中央电视台“黄金之路”摄制组，他们对我的经历很欣赏。

“饲养驯鹿鄂温克族猎民风俗摄影”在海拉尔展出以后，呼伦贝尔盟公署、盟展览馆又策划到北京民族文化宫，搞一个包括鄂温克族所有民俗的综合展览。我利用这个机会再次到敖鲁古雅，专程组织了一次“交劳格道”狩猎活动，顺便考察“交劳格道”岩画……

最后的“交劳格道”

1985年7月16日—8月4日

▶ 7月15日

我把北京民族文化宫和盟展览馆来的三个同志送到满归，离发车还有很长时间，我们约好了9月份到北京展出时再见。

几天来，我们共同生活，以及一起面对、解决出来工作中遇到的各种困难，使得在分别时真有些难舍难分。民族文化宫的小何，给我留下了自己带来的伤湿止痛膏和军用胶鞋；小寥，特意买了两瓶酒。我想，他们也许是对我留下来即将和猎民一道开始的艰苦跋涉表示鼓励和安慰吧！

我们共同到左旗敖鲁古雅来，是落实呼盟9月份将要在北京举办“鄂温克族文化展览”用的实物，而且我还要留下来补拍一些片子，特别是岩画的内容。但是，我们初到这里正赶上当地的工作组也在为8月份庆祝鄂温克民族乡定居二十周年准备陈列展品，他们唯恐我们征集展品影响这里的活动……

其实盟公署专为北京展览下达了文件，只是把应该下到这里的文件，错发到右旗去了，因此工作组开始没有安排接待我们，乡里也无法表态，我们感到异常的孤立。后来，经当地旗民委李主任沟通，旗工作领导终于安排了接见我们的时间，此时我们已是等待得心焦如焚了。

为了汇报成功，我们事先做了分工，由盟展览馆的小包担当主要发言。他向工作组的领导解释了文件没到的原因，讲了盟委对这次展览如何的重视，讲了盟里由谁挂帅以及北京展出的规模，等等。

这时我注意到：接见我们的领导，从开始保持着平板的脸色，然后微微出现了笑容，随着汇报的深入，眼睛里露出了光彩，而后，这种光彩愈来愈亮，他开始动了动身体，继而燃着香烟，和我们随意地谈了起来。

我们要求买一艘桦皮船、一个驯鹿做标本，还有撮罗子模型等一些小的实物。

现在他已经完全领会了我们的意图，马上表现出“落实上面任务”的姿态，明确地答复：在不影响当地庆祝活动的情况下，允许我们征集展品！而且，还可以在当地展完之后，部分或全部支援北京的展出！当场敲定卖给我们桦皮船和驯鹿，桦皮船二百元，驯鹿五百元，乡里协助我到“交劳格道”拍岩画！

几句话，表现出领导干部的素质和胸怀。至此，几天来盘旋的乌云消散了，我们四个的精神，顿时振奋起来！

午后，乡里安排了汽车专门送我们到山上驯鹿点参观，北京民族文化宫的小何、小寥，盟展览馆的小包，都是第一次到大兴安岭林区，显然对于亲临森林，看到鄂温克族人的山上生活和驯鹿，感到格外激动！晚上阿索请我们吃饭，这是包括欢迎和送行两个意思的家宴。他是鄂温克族人，这次去交劳格道就由他来组织。他家除了室内的一对大驯鹿，家具样式都是全新的。雪亮日光灯下，白墙更显得洁白，地桌上丰富的菜肴、铁听啤酒，再加上夫妻俩鄂温克式的直爽、热情，使我们在这里感到非常愉快。今天又是我们工作最顺利的一天，所以酒喝得很随便，不久都有些飘飘欲仙了。这时我身边当地文化馆的小孙，一句话刺激到了我，结果我也不知道怎么搞的，竟与他争吵了起来，我们开始喧宾夺主了，小孙不断地要求“倒酒！”，实际上我们是喝多了，这是昨晚的事情……

现在，招待所里只剩我和隔壁的小孙，他将和我一同去拍岩画，今天他一直躺着不起来。不一会儿，阿索从乡里给我们借来了防水鞋和雨靴。我为昨晚失礼向他表示歉意，他说：“没关系，咱们是自家人！”并告诉我准备好了，明天上山。

▶ 7月16日

上午，我们同乡里临时抽调的锯茸工作人员同车而行，阿索开车。路经满归镇的时候，我下去买些进山吃的东西。市场是一个木板院子，这里的商品挂的、摆的，琳琅满目，吃喝用一应俱全，我买了猪肉、炸鱼、葱、大蒜。汽车从满归出来向西而去，我们就像驶在绿涛里的一条黄带子上。

阿索最后把汽车停在一个长满矮灌木丛的陡坡下，车头对着斜坡，几乎是疯狂地冲向山顶！

山上都是大树林，因为几天多雨而更显湿润。从这里到点上大约得步行半个小时。我们把东西从汽车上拿下来集中放在旁边的林丛里，这是我们“远征”用的行李和食物。阿索从纸盒箱里摸出几罐铁听啤酒，给我们每人一罐，他说：“纸箱回来装肉干，每个人都有份！”表明这次出去会有丰富的猎物带回来。从这儿下去的路不好走，有时山水就流淌在中间的草路上。小孙帮阿索背一个孩子。现在我们的活动就由阿索来指挥了。

点上的驯鹿都在撮罗子附近，有四五百只。锯茸人员有的坐在外面和孩子打闹着玩，有的在撮罗子里和拉吉米老头喝酒吃东西。工作人员之一的鄂温克族女干部在外面篝火上浇水，地上放了一些带上来的猪肉、豆角和白酒，她负责锯茸队员中午的伙食。

锯茸开始，锯下来的茸角按每家分堆，上面有各家的名字，然后拿到乡里过秤记上数就完了。我看这虽然是涉及收入的事情，但无论是产茸的，还是锯茸的，都很随便，而不像城里人那样斤斤计较。

中午骄阳似火，工作人员在地上围成一圈吃饭、喝酒，拉吉米老头也在其中，他有些醉了，经常高喊、唱歌……

锯茸队员走了。阿索、小孙、我，牵两只驯鹿去驮东西。这时，二十多岁的罗姑娘也醉了，她那很漂亮的脸也肿胀起来，踉跄地跟在我们后面叫着——等她一会儿，但是没走几步，她就摔倒在深草里。她嘴里在说些什么，最后把小孙骂了一气，小孙既尴尬，又有些害怕，后来我们不得不把她一个人丢下走了，但是当我们牵着驯鹿回来的时候却没有遇到她。

今天的气氛显然是因为锯茸队员带来的酒多了，凯赛（老头的妹妹，不到六十岁）也喝多了些，她在阳光下一边做饭一边哭，头发就着眼泪沾在脸上，看那样子很是委屈。老头自然也醉了，老伴不时地大声说他。

不喝酒的人闷闷不乐地坐在一边，手里摆弄着东西。这时谁也不理会还有一位姑娘只身醉在那边的大森林里……

在这里，清醒的人对醉酒的人不原谅！

快到傍晚，姑娘回来了，她极疲倦，又有些狼狈不堪，默默地钻到撮罗子里找东西吃。

▶ 7月17号

上午天气晴朗，我又拍了些撮罗子和鹿群。

昨天午后那样混乱的场面没有了，现在都平平静静地在各自的地方做手里的活；老头擦枪，老太太有的做针线活，有的刷碗。

驯鹿害怕瞎蠓（牛虻）叮咬，懒懒地趴在一起打瞌睡。

阿索和老头走在前面

午后快三点我们才出发（我已经几次体会到鄂温克族人远行并不是在早晨出发，冬天也是如此），一共带了十七只驯鹿，多数是老头家的，另一部分是唐克家的。这些驯鹿驮着我们的行李、粮食、撮罗子上的覆盖物、炊具等等，回来驮猎物。

我们一共七个人，出发前给我和小孙各固定了两只驯鹿，初看这些驯鹿长得好像都一样，所以必须认真地记下它的特殊记号。鄂温克族人有的牵三只，有的牵两只，每个人牵的基本是驮着自己的行李和公共用的东西，妇女们牵的驯鹿上除了自己用的，多数是粮食和炊具。

老头不管驯鹿的事，他背枪、挂刀，有时领猎狗。他和阿索都打裹腿，外面留一条擦汗的毛巾。

妇女戴头巾，穿一般的短衣服、散腿裤子、胶鞋。

我和小孙把相机挂在脖子上，我们都严严实实地穿上了胶鞋，而且我的脖子上也像猎民一样扎了一条毛巾。

本来以为出发的场面一定会很壮观，但是真正出发，却是稀稀拉拉地走出去。我们走出不远，浑身就感到又闷又热，未来路程的艰辛现在就有所体现。又走了一会儿，阿索突然发现小口径枪忘带了，大约又经过一个半小时，他又重新追上来，这时我们仍然走在山坡的林草里。我趁他和老头背枪向前走的机会，跑出去在侧面按了快门。

……在山里走了两个多小时，蹚过一条小河，开始走上了公路。这时已是夕阳西下，被阳光映照的树林、草塘，金黄色的、暗绿色的，像油画一般美丽。但是脚掌却疼痛难忍，腿也像硬得回不过来弯一样，下身被河水弄湿了的裤脚和鞋上，又落满了灰尘。现在，我们好像溃下来的败兵，各自牵着驯鹿松松垮垮地走在大道上。七点多钟，我们在公路下边不远的林子里安营了。阿索到四十七公里处找车回家又取落下的东西，明天早晨再回来。

我们在草地上卸下了东西，老太太们跪在草地上做面片。睡觉的时候，猎民们简单地铺块鹿皮，有的盖毯子，有的用睡袋（乡里发的）；我带的是吹气褥子、红鸭绒被。这时仰望着闪烁星光的天空和树林，享受着无限的露营乐趣。

▶ 7月18日

尽管睡前吃了镇痛片，腿还是疼得怎么放都疼痛难忍，只得来回翻动身体。在凌晨两点左右，两个老妇女起来。她们从黑暗的林子里拖回几根树枝，在火光下为驯鹿做“绊子”，把它挂在驯鹿的脖子下面，然后又继续睡觉。

五点多钟，阿索开着猎队的汽车回来。他的到来，像清晨的阳光一样，给这刚刚摆脱黑暗还有些阴冷的林子带来了生气！

老头又要求喝了一点白酒，但是我们很快就出发了。

……天火辣辣地热，在公路上又走了很长时间，脚板子几乎是麻木了，并有打泡的感觉。视野里不断出现一串串粉红的野花，似乎使这难忍的劳顿有些安慰。快近中午，我们终于走过了一座大桥，在下边的树林里休息下来。

这是一片高大的落叶松树林，地上一层厚厚的松软干叶，树上浓密的针叶遮挡着阳光。外面一条大河，在灿烂的阳光下滚动着白色的波浪。

我们在林子里点起了篝火，生着了蚊香，本来是僻静的树林，因为现在有了烟雾和鹿群，而显得更加美丽。

但是猎民很少睡觉，只是静静地坐在阴凉里做活或唠嗑，听着这种民族语言很适合入睡。

午后两点多，我们离开了这片令人留恋的森林。天气闷热，走过一段公路又进入了山道。有的地方脚插在水里，在没人深的灌木丛中需要左右拨开挡在身上的树枝才能通过。此时谁也不说话，可能都在心里默默地忍受这艰苦的旅行吧！

中间经过一条不太宽的河，冰凉急湍的河水使我感觉到这是一种新的痛苦。阿索为了避免一只连着一只的驯鹿，不被上岸时鹿的突然一蹿而拉开，站在前面的河水里一只一只地疏导。这时我们只得站在水里，青年姑娘小罗也是如此地泡在水里，裤子已经湿到臂部了。而那个凯赛老太太却灵巧地骑上驯鹿过河水。唐克的脸上带有一种莫名其妙的微笑，牵着四只驮满东西的驯鹿试探着过河，嗓子里有时发出“吼！吼！”的响声。

很显然，她们对此都是很习惯了。

过了河就是一片草甸子，通过这里才能到前面的大山。

大兴安岭岭北的松林

走了不久又是口干舌燥、热汗淋漓，蚊蝇在身边盘旋追逐，一个多小时才到达山顶。

从这里下去，是古木参天的杂树林，又走了很久才遇到溪水，饱饱地喝了一顿，却因此落在后面。天开始下起小雨，哗啦啦地打在树叶上，林子里也暗了下来。最后我们在山下急湍奔流的小溪附近安了营。这时雨虽停了，但树叶和草上都是水珠，我们的裤子和鞋也都是湿淋淋的。阿索急忙砍下树干搭撮罗子，我们把带来的两大片塑料蒙在上面，在里面笼上篝火。

晚上我们睡觉的排列是这样的：从门的左侧开始向里转，唐克、凯赛、罗立克、阿索、小孙、我，转了一圈到门的右侧，中间是篝火。今天走出一百多里地。

▶ 7月19日

我们很快就告别了宿营地。

离开这儿向前走了不远，下边的树林里飞出一只乌鸡，在阿索从驯鹿背上拿枪的工夫，它又飞到我们近处的树上，被阿索一枪打中。阿索不用刀，从它的屁股后面用手伸进去拽出五脏，猎民都是这样做的，免得内脏在里面坏了膛。今天一共走了九个小时，至此已经走了两百华里。

▶ 7月20日

过一条河，鞋里就灌满了水，由于没机会倒出来，只好稀里哗啦地穿着走，终于等到前面停下来，我才抓紧时间坐在地上倒出里面也已经走热了的泥水，还没等穿好，鹿队又开始行动，并很快地隐没在密林中。我拼命地拉着驯鹿在后面追，追了一会儿回头一看，鹿鞍子滚下来了，上面的背包也不知是什么时候没有了！我一时急得不知如何是好，因为往常遇到鞍子不合适都有鄂温克族人帮我弄好，这回我得自己动手了，而且又是一个人，在这荒僻的林子里，一落下前面的鹿队，就会愈来愈远。我顾不得擦从头发里流到脸上的汗，也顾不得驱赶围上来的瞎蠓，先把驯鹿拴在树上，再跑回去找背包，然后拿出在鄂温克地区生活的所有经验，模仿鄂温克族人的方法，把鞍子和东西重新绑到驯鹿上，又沿着小道向前追去，还要不时地回头看是否又掉下来。我一边追，脑子里不断地想象着，若是出来熊怎么办？是照相，还是跑？怎么跑？是否扔下驯鹿？想着想着，被脚下的树枝绊倒了！我重新拉上驯鹿又蹚过一条小河，终于听到前面有鹿铃声，这时，悬着的心才得以放下。又走了一会儿，看到他们在山下的一堆旧撮罗子木架前停下来。

这里树木参天，两山对峙。天渐阴，我们立刻用塑料布蒙在木架上，把其他东西用塑料盖好，等待大雨的到来。本想利用这个机会睡一会儿，结果让瞎蠓、蚊子闹得根本无法入睡，裤子里还不时地钻进蚂蚁。后来老头说，我落在后面是走不动了，决定今天就不走了！

午后，老头让阿索、小孙、我到下边的河套去挂鱼。网是阿索特意带来的。还没看到河，就听到河水的轰轰响。当我们穿过树林刚刚看到这条湍急美丽的大河时，立刻被河边的蚊子包围起来，那成千上万的蚊虫鸣叫着撞击着我们的脸和手，叮咬暴露在外面的所有地方，我们如何拍打也驱不散，我几乎无法喘气了！刹那间神经也好像错乱了似的，我们急忙点着了火，放出蚊烟来驱赶这些“小精灵”……

但是阿索却什么也不管，他脱下衣服下到河里，任凭蚊子围着他的身体嗡嗡叫，仍然平静自若地专心弄他手中的渔网。可惜，这里的鱼自由地游来游去却不进我们的网！最后我的眼镜还掉到了河里。捞出来后，我们又沿着河边向上游走了好一程，倒木、树枝纵横交错，钻在树林里还得跳过深沟，不一会儿大汗淋漓，腿疼得厉害，我已无心欣赏这里极美的景色了，只希望赶快结束这段痛苦的历程！

中间，阿索发现两只水鸭子，却被它们钻到幽静的深水里，我们无法得到它们，一直到晚上，我们一无所获，脸上和手上却被叮了无数的小红包。当我们快回到营地时，留守的人们都远远地伸着脖子向外张望，可能是看我们拿回来什么，但是当他们看明白以后也没有失望的表情。晚餐我们吃大酱。

▶ 7月21日

因为岸上连“鄂温克小道”也没有，所以我们不得不顺着河边蹚行。有时是踩着露出水面的石头走，跳跃着前行。我们有三次横越大河，妇女们在水里艰难前进，尽管如此，鄂温克人的情绪仍然很乐观。在过河时，我又拍了照片。经过几次转折，我们到了过去的“大联合”（大灵河，马克西姆点）。1982 年的冬天，我曾到过这里。记得那时白雪、树林、山的轮廓都很清楚，可是现在面目全非：齐腰深的萋萋野草，四周郁郁葱葱的树木，当年马克西姆住过的、用木头搭成梯形的撮罗子被荒草包围着，部分已经塌落，里面黑乎乎的长满了野草。我想起了那时在里面烤火的情形……另一家，西力捷依的撮罗子旧址上，还有几根残缺不全的木架子仍然支在那里。

这里的一切都是静静的，唯有各类植物繁茂生长。

拍了几张“遗址”，我们又沿着依稀不清的草道向西行去，不久就钻进了湿乎乎的小树林。

几次通过泥沼地，没人高的树丛中枝条横错，沉闷的空气里散发着潮湿霉烂的气味，这时如果我不是紧跟着前人走，是说什么也弄不清我们是从哪里来、到哪里去的，心里暗暗地佩服鄂温克族人在深山里识别路途的本领。

……中途我们又经过一个遗址，是在山下稍高的坡地上，周围有高大的树林。这里还有保留很好的旧帐篷架子和里面的床铺，床板上扔把破吉他，地上散乱地扔了些罐头盒、空瓶子、塑料纸，一切都是寂静的……据说这是森林警察的防火外站，门前可能是他们春天种的花籽，现在已经长起来了——一堆纤细的扫帚梅，粉的、红的、白的，默默地在微风中轻轻摇晃。我不由得产生这样的想法：她们是给谁看？可怜的花儿！

猎民在废墟中寻找自己有用的东西，凯赛、唐克拣了一个小铝盆、一个碗。

傍晚，我们第二次蹚过齐腰深的“克勃河”，在这条河上，我们一定是走了一个“S”形。今天的宿营点也是马克西姆过去住的。在这里又似进入了一个绿色的梦境里：银灰色的天空、毛茸茸的树林、地毯一般的草地，下面是一条稍宽的克勃河，河水沉稳平缓地流淌着，惊飞的野鸭，不时地在水面上嘎嘎掠过……

但是，这里蚊子太多了！我们的裤子又被河水弄湿了，和这美丽的景致很不协调。

夜来了，我们在撮罗子里围了一圈。现在，罐头之类的高档食品没有了，伙食明显地单调。幸好行路中妇女们采了不少桦树蘑，阿索又加了很多调料，我觉得还是很可口的。

夜幕下，撮罗子里燃烧着橘黄色的篝火，从外面看好像一个大大的“灯笼”，我想，这个“灯笼”就在中国兴安岭的“北极村”附近。

▶ 7月22日

据说，再翻过三座山就能到“交劳格道”了，可是走着走着下起雨来。天上是雨，地上是水沼地，树上、草上都挂着水珠，我们浑身也是水，水又从头上顺着脸淌下来。

雨愈下愈大，继续往前走，又在倾盆大雨中蹚过一段急湍的河沟，上岸后走过泥泞的林中路，终于到了安营的地方。这时我们个个像落汤鸡。看来这也是鄂温克族人住过的地方，地上同样有一座斜仁柱木架子。我们在大雨中从驯鹿上卸下鞍子，又把塑料蒙在旧架子上，哆嗦着嘴唇挤到里面避雨。雨点打在塑料上，发着稀里哗啦的响声，火堆常被雨淋而着不起火苗，电子表也因入水停止显示。我们虽在烤火，但是身体仍然冷得厉害，而且漏下的雨水还在继续淋湿着身体。

晚上吃蘑菇汤，大蒜和芥末辣面是我们最主要的调料！

睡觉就是在这湿草地上，猎民有的铺防潮褥子，上面铺些鹿皮，有的也只把鹿皮铺在湿地上。即使这样，他们也并没有什么怕潮的顾虑，而且鄂温克族人并不怎样特别烤火。他们的衣服和被子虽然湿了，也能忍受着睡觉，并且情绪依然很好。现在，我们的撮罗子里也不时地发出爽朗的大笑声。

► 7月23日

又经过一天紧张的跋涉，终于到达了目的地。这是我们出发的第七天，行程大约有三百五十华里了。

“交劳格道”是这里的一条小河的名字，意思是“有岩画的地方”。一想到在这偏僻的地方，很早以前就有人类留下文化遗迹，刚到这里，内心就产生一种神秘感。我们在一个又陡又高、上面长满了樟子松的大山脚下安营。路途中，我们的衣服又被雨水弄湿了，所以，一停下来便感到很冷。雨还在下，阿索的衣服也紧贴在他短粗的身体上。此刻他的脸色有些灰白，不知是汗水还是雨水，顺着他的脸颊向下淌，但是他仍然认真地、高质量地、一根一根地用砍刀削搭撮罗子的木杆，而毫不顾及天在下雨，以及我们都淋着雨在等待他。此刻，我想要是其他民族，早就简单从事了。撮罗子搭起来，又是一阵大雨，雨点噼里啪啦地打在塑料上。

我们又开始围着篝火吃饭了，今天是“飞龙蘑菇汤”，尽管很可口，但是感到伙食很单调。

夜幕降临，后面有岩画的大山，像个黑乎乎的巨人在俯视着我们，使我感到有一种难以言表的威慑感。可偏偏这时我要出去解手了，找不到手电筒，外面漆黑一团，到处是水，结果出去一趟，裤子和鞋又弄湿了！

晚上几次醒来，想到途中的艰苦，怎么往回走呢？这几天连雨，水也涨了，过河该更困难了吧！

▶ 7月24日

上午晴转多云，我们即将开始爬山了，“岩画”距我们有三百来米，唐克坐在地上用剪刀把带来的色布剪成红条、蓝条、黄条，这是到山上祭岩画用的。鄂温克族人把岩画当成“博鲁砍”（神）来崇拜，因此我们像“朝圣”去一样。我和小孙早就准备好了相机，几天的长途跋涉不就是为了这次拍岩画吗？！拉吉米老头和凯赛老太太留在营地，其余的人们向山上冲去。

阿索手里拿砍刀，肩背枪，在前面引路。由于山太陡，不一会儿就气喘吁吁了。大约不到十分钟，眼前突然出现一面巨大的“岩石墙”，四周荒草丛生，巨石表面风化成明显的纵横纹理，上面长满了蔓藤、青苔，很像人工垒起来的古堡。我们穿过树林走进它的下边，在石墙中段的下部，齐人高的视线内终于看到了岩画。

这里的石头向内凹陷，因为它前面是密树高草，所以有些阴暗潮湿，鄂温克族妇女把带上来的彩色布条随便放在岩画下的石台上，没有什么特殊行为和虔诚的表情。放下之后，她们就和我们一道随便地看起岩画来。

整个岩画所占面积不超过两平方米，内容有人牵鹿，右上方似乎是一群动物，左侧有一犴（或鹿）较清楚，共有十三幅画，最大的约三十厘米，小的十五厘米，笔道呈土红色，较粗，小画粗糙。

我的初步看法，这是个人的即兴之作，格调技法均不像上品。但是阿索讲，他爷爷就知道这些岩画，而且鄂温克族人称之为“博鲁砍”，每当打猎经过这里都要用子弹，或一种当香点燃的草做贡品，它的存在起码有百年左右。阿索用手在岩石下的土里掏出一些圆铅弹头，由此更证明了上述传说的可靠性。

我拍了整个画面和局部，并对岩石做了记录：它在大山顶端的西侧，呈上窄下宽的一道“长墙”，东西约三十米，高约十五米，上面约两米，下面石基约五米。

登上岩画石

岩画右下侧有一条石缝，刚好可钻过去一个人，鄂温克人传说谁爬过去谁有福，不会死，因此我们都爬了过去。两个妇女也都笑着钻了一趟，最后我们又爬到岩石顶上。从这里向下看，浩荡苍茫的树海，思想也像插上了翅膀……我们在这里逗留了很长时间，在纸上简单地写上了我们的名字，然后把它塞在一道雨淋不到的石缝里。

据老头讲，他知道五处有岩画的地方，现在我倒更想知道其他几处的风格、特点，是否也是出自此画作者之手呢？

关于岩画的事情总算是完成了，我们又开始转移，现在，我的希望是打到东西，然后高兴而归！

新到的地方，下面是一条急湍的小河，对面的高山长满郁郁葱葱的樟子松，我们所在的林子，又像刚刚洗过一样洁净、青翠。真不相信这是大兴安岭的深处，倒有些像人间仙境。

安营后，我们帮着妇女找来大块石头垒“别里气”（炉子），老太太开始烤列巴了。七天来的连续跋涉，紧张的情绪现在消失了不少。

傍晚，拉吉米老头、阿索到十里外的地方“蹲泡子”（打犴或鹿）去了。我理解，从今天开始是专门的狩猎活动。晚上很冷，已经睡了一会儿，还听到两个老太太唠嗑，做吃的，鼻子里闻到阵阵的油香味。

▶ 7月25日

今天晴朗，早晨吃些“阿拉吉”——一种类似大果子的油

清晨启程，留下一座撮罗子木架

炸食品，昨天晚上闻到的油香就是这个东西。

老头和阿索昨晚出去，到早晨也没回来。吃完饭，我们就搬家，这可能是昨天老头和阿索临走时就安排好了。妇女们忙碌着，一个一个地给驯鹿备鞍子，我和小孙帮不上手。妇女们不管怎样忙碌，都是自己动手。

走出来一个多小时，在一片落叶松的树林里又看到了一个仙仁柱的木架子，还在远处，就看到上面孤零零地搭着衣服，猎枪放在一旁，走近了才看到老头和阿索蒙着毯子睡在地上，但是周围并没有我们希望的猎物。此时大家谁也没说什么，但是我心里想：可能大家也会想到——出来还没打到东西吧？

我们各自拴好驯鹿，卸下东西，现在什么事也没有了，我把雨衣打开，铺上气褥子躺到上面看书。阳光虽然充足，但是有些秋高气爽的意思了，树林中露出几分淡淡的悲凉。

中午老头喝了一点酒，酒后用鄂温克话表示了没打到东西的沮丧心情，我理解这是猎民自尊、要强的心理，要不是酒精的作用恐怕他是不会说出来的。

午后我们把网下到河里——谁知道能否得到鱼呢！晚上老头又打好裹腿，背着东西领狗出去了。阿索和小孙两个人到另一个地方，但是天黑不久他俩又回来，阿索说，那里干脆没有犴的足迹！

情况尽管如此的糟，我看大家仍然乐观。阿索把睡袋挪到老头原来的位置上。

今天晚上森林里下了大雾。

▶ 7 月 26 日

因为风湿痛，昨晚怎么睡也不舒服。夜里雾大，被子表面都是湿漉漉的。大约在早晨四点，朦朦胧胧地听到阿索穿衣服出去的声音，他们说，远处有狗叫。结果快十点，阿索疲劳不堪地空着手回来，水靴子还撕了个大口子！他说快到狗叫的地方没声了，没有路，“那真不是人走的地方”！这时我和小孙起网回来，昨天下的丝挂子，竟有八条鱼！

十点多，远处传来一声枪响，我们立刻洗耳恭听，判断这枪是什么意思。快一点，老头的猎狗先跑回来，不久老头也走回来，但是仍然没有打着什么！我不禁想，他一个人，是怎么在那漆黑荒僻的森林里过夜的？从清晨开始，七八个小时他走了多远？可是昨天晚上他只带了一块列巴啊！显然大家都习惯了，我看谁的脸上也没有什么变化。老太太给他在火堆旁烤列巴，倒上水，老头解去湿裹腿，脱掉了湿鞋，现在是他休息的时候了。

我在脑子里一直想，两天以来的“正式狩猎”，现在仍然毫无进展。我观察老头和阿索，老太太们用鄂温克话说的定是打猎的事。阿索和小孙又于天黑的时候出去“蹲泡子”，他说那地方离这有两里来地。但从这两天的情况看，可能今天也不会有什么希望。

我有足够的时间看带来的刊物用以解闷。晚上蚊子从四面八方一齐围上来！

▶ 7月27日

早晨，朦胧之中听到阿索、小孙回来了，他们说“冻坏了！”，并在一阵“嘶嘶哈哈”的嘘气声中钻进地上的睡袋。现在，他们结束了一宿的“蹲泡子”，仍然一无所获！

中午我和几位妇女起网去，这回是昨天的一半，四条鱼！回来的时候，他们已经起来，并打好了行装准备搬家。

今天去有矿泉水的那个地方，离这儿三十多华里，我们是临时去，所以只带半片塑料，其他不用的东西放在这里。

这样，我们从出发算起，前后走出四百余华里了。

走路时天还闷热，刚到不久，天就下起雨来，我们急忙支起半个撮罗子。雷声在高山上滚滚而过，雨点噼里啪啦地打在撮罗子上。我望着森林里形成的灰茫茫雨雾，这时，明显地感到空气的湿度大大增加了，浑身冷得不得了！干脆把行李打开，盖上被子，听着咫尺以外的落雨声。

天快黑的时候雨停了，老头和阿索起来，整顿行装，又背上枪走进森林。我从后面望着他俩消逝的身影想：这时出去到处是水，而且还可能下雨，真不知这样的天气他俩怎么在外过夜？真是可怜的猎民啊！

▶ 7月28日

早晨两个人回来了，腿下都是湿的。阿索回来就睡下（显然一宿没睡觉），老头吃点东西又领狗出去了，看来没打到东西真是着急了！可是仍不尽如人意，这次只打到一只貂！虽说貂的毛皮是贵重，但对于跋涉四百多里，又是风餐露宿的我们来说，当前最迫切需要的是“肉食”，而眼前这个小小的收获就不算啥了。我看这只貂呲着牙，样子很像一条小死狗。

十点钟，凯赛领我们去喝矿泉水，她事先还带了只装水的塑料桶。可是在林子里转了好半天也没找到泉水的地方，她却意外地拾到一架大鹿角！唐克捡了一对犴角，这对猎民来说虽然说不上丰厚的收获，但也不虚此行。看着凯赛背着大鹿角微笑的样子，显示了“森林民族”的气质，我把她拍了下来。回来很累了，没喝到矿泉水也不想再去，但是阿索说，到这地方不喝“啤酒”真是太遗憾了，非要领着去不可。

凯赛在林子里拾到一架大鹿角

矿泉水并不像我想的是从石头里流出来的，而是在一片低矮的树林中，初看好像一片烂泥塘。泥水里留下很多犴、鹿的足迹，说明它们经常到这里来喝水。周围的倒树根部呈铁红色，地下水连同气泡不断往上冒，所以水看上去并不太清澈，但是喝到嘴里，感觉完全不一样，冰凉、煞口、有酸辣劲，汽感和啤酒差不多！阿索说每个冒泡的水味还不一样，我试了一下，果然有的酸味多，有的辣味多，“真是绝了！”（这是阿索说的话）。在泥里有那么多的蹄足印，我想难怪这里有动物来喝水，又突然想到四十里以外的那处岩画，是否与这泉水有关系呢？

本来我以为能在这儿多住几天，可是一回到营地，老头就决定往回返，我并不明白为什么不在这儿多打几天猎，而且来一趟是多么的不容易啊！

今天我们向回走了五十多里地。装矿泉水那个塑料桶，被里面的气体膨胀得鼓鼓的。

晚上睡觉感到很冷，腰酸背疼。篝火下，老头和小孙吃那貂肉，闻味倒也香，但是那样子仍然很可怕。阿索说，明天早晨两点多开始往回走，我们今天睡得比较早。

▶ 7月29日

森林里弥漫着晨雾。刚三点多，我们就起来了。阿索和妇女们一个一个给驯鹿驮上东西，大约五点出发。我几乎得用小跑才能跟上鹿队，腿以下马上被露水打湿了，有的泥沼竟深至膝部。我现在什么都顾不上，把手巾扎在脖子上，在后面紧追不舍。上午一口气走了六个多小时，行了约七十里地才停下来休息。

中午的太阳暖暖地照着我们，和早晨的温度形成了明显的对比。吃过午饭，我们分别找地方休息，老太太和妇女们在阳光下点起了火堆烤列巴，阿索和小孙钻到蚊帐里，阿索用桦树皮做刀鞘，老头用桦树皮做烟盒，我在树底下写日记。我们休息一会儿还要继续走，估计今天得走一百多里地！

午后四点多又出发，这时的太阳已经泛黄了。我们走出树林就是一片比较开阔的泥塘、沼泽地，从这里能看到下面沐浴在远处的山峦。

妇女们都骑上了驯鹿，身后是驮东西的鹿群，在熠熠的阳光下，她们一摇一摆地走在沼泽地里，神情自若，显示了森林女人的风度。我不由自主地拍了几张，但是在我拍照时，常因为手里牵着驯鹿而不得自由。中间，我们遇到乌鸡群，阿索打了几次耽误些时间，这时太阳已经落山，可是距离今天的宿营地还有三分之一的路程。此时我又饥又渴，感到心慌腿软，一边走一边顺手拣吃地上的都柿。不一会儿，月亮从树林后面升起来，圆圆的，又明又亮，我估计今天是阴历十五。可此时哪有心情欣赏这自然风光？现在只怕落到后头！

我们走过一片火烧林，倒木横七竖八，没倒的死树在月光下冷冷地立了一大片。渐渐地眼睛看东西困难了，腿下只凭感觉向前走，身体摇摇晃晃，不时被绊倒，或摔向前好几步！后来天更黑了，我干脆把眼镜摘下来，下面深一脚浅一脚，有时踩到烂泥塘里，腐烂的草根发出一股臭气！这时，漆黑的森林里只有单调的鹿铃声和树枝的摩擦声。快到九点钟，我们在朦胧的月光下蹚过克勃河，河水深到臀部，我体会到深夜里过河心里有一种恐惧的感觉。由于岸边太高，上岸必须拽树枝才能从水里爬上来，妇女们在水里，人和鹿上不了岸，着急得喊叫。这时的“森林主人”也显得有些狼狈不堪了！上岸以后路更不好走，又常因看不清前方而走错了路，或者是后面的鹿绳子绊在树上，老太太的喊声里有愤怒的意思了。我猜可能是抱怨“干吗到这么远的地方来”！但是说实话，她们并没有累趴下也十分厉害了。

快十点，鹿队终于在一个山坡上停下来，四面是黑咕隆咚的树林，一轮皓月高悬在空中，山上传来喧闹的河水声。我们因为下身湿了而冷得发抖，大家紧张地摸黑卸东西，砍柴笼火。此时老头还没回来，阿索向空中鸣枪示意我们的位置。大火烧起来了，我们围着篝火烤裤子，下身蒸腾着白气，火苗蹿动着，个个脸上跳动着神秘的光影。不一会儿，老头一个人从黑暗的森林里走过来，火光下看他那样子，觉得我们都很狼狈！那个姑娘总是默默的，很少讲话。

我们借着火光打开行李，围着篝火铺在地上，躺下把衣服蒙在头上睡着了！今天走了一百零二华里。

▶ 7月30日

清晨才看清了昨夜这个宿营地，是在河湾的上坡，风景很是优美。

今天阳光和煦，林木葱翠。上午出发得较晚，阿索用盐水浇洗驯鹿生蛆的残角，我们十七只驯鹿里有五六只茸已经生蛆，其中我牵的一只也是。据说每年夏季驯鹿割茸之后都会有一些因感染而生蛆，严重的流脓淌水，臭味逼人，招来无数蚊蝇，有的甚至会死亡。我也看到老太太采一种植物煮水为驯鹿冲残角。

快九点出发，十二点多钟终于又见到了公路。虽然我们还是在层层密林里，见了公路似乎就有了希望。但这条公路显得很荒凉。

中午，我们在旁边的树林里休息，阿索在地上支起两个三脚架，中间架一条横木，下面吊锅烧水，老太太在火旁烤面包。小孙急于回家，总想抓紧走，可是我累得不行，就是想休息。傍晚，老头领狗出猎，仍然一无所获！现在打不到猎物，我已经不感到奇怪了。

晚上我拍了篝火，今天只走了三十多里。

▶ 7月31日

今天一直在公路上行走。路旁有时出现从满归修到漠河的铁路路基，因停工多年而显得很荒凉。但从路基穿过森林，高出地面的规模看，仍然能感到当年铁道兵改造自然付出的艰苦劳动。途中经过一处营房遗址，因久无人烟，深深埋在草莽之中。看到一间间破烂废弃的居室、厨房，以及蒿草簇拥的院场、河中孤独伫立的水泥桥墩，心里产生一种难以描述的寂寥之情……

过了河，我们通过如同铁丝一般的丛棘，到河套边的树林休息。这也是当年鄂温克族人住的地方。树林里有一座不知是什么时候被遗弃的仙仁柱的木架子，阿索说这是他父亲当年在世时搭的。他几乎像拿圣物一样，轻轻地把木杆一根一根拿下来，规规矩矩地放到一边的树下。我从他那微妙的神情中看出一个猎民儿子对已故父亲的尊重之情，但我还说不清这是原始文化还是现代文化的表现。

午后，我们一直走到近黑，荒芜的公路上突然出现了刚刚被推土机翻过的痕迹，又发现十几把随手扔下的锹、镐，显然有人在这里施工，但周围却不见一个人影。我觉得在深山里发现与人有联系的任何事情，都会让人产生异样的感情。

我们开始在坑坑洼洼翻过的路面上行走。不久，闻到了机油的味道，并在公路下边的洼地上远远看到几排白色的帐篷和施工机械、油桶，一些民工正好奇地朝我们这边张望。这是我们二十来天第一次看到人群。我看他们那样子，可能是听到铃声出来看稀奇的吧？

我们拉着驯鹿从上面越过去，阿索、小孙要联系吃的，便向他们走去。狗腿快，提前跑过去，人群中爆发了南腔北调的汉语声，他们说“狗咬人！”，吓得一下子散开了。

我们大约走了两里地，在山顶上扎营了。这是老头先于我们在这里选定的点，他已经点着了篝火，在火光下砍树枝。按他的经验，阿索和小孙一定能从民工那里带来我们需要的酒和食品。开始我也是这么想，但非常可惜，这次只带回两斤葱头！我们感到很失望，因为现在确实需要一些“实惠”的饮食补养了！我感到太累了，可是老头、阿索还在不停地砍撮罗子的木杆，神秘的天空浮云滚过，当我们躺下时，天上渐渐地露出了星空。今天走了九十华里。

▶ 8月1日

凌晨三点多钟，两个老妇女已经起来点火了。这时筑路的推土机也在远处空山里“喀喀”作响。因为我睡的位置离火堆太近，烤得不行，干脆披着被子坐起来，其他人都蒙着头沉沉大睡。山下笼罩的雾气慢慢地蒸腾，我看着眼前这两个妇女根本不像是在山上过游动露宿生活的样子，她们打开了装简单日用品的小布包堆在草上，迎着阳光，像在家里那样平和、自然地洗脸梳头，低声说笑，又是那样的质朴、勤恳，我不禁有这样的想法：她们如何理解幸福呢？

……我们仍是顺公路走，但眼前已不那么荒芜了，有时能遇到运沙子的汽车，还见到一座规模稍大的工房。到这时，我才领悟到，又回到了有众多人的人间社会！茫然的心情已经拂去——离回家的日期不远了。

我们到二八林场已近中午，这里距满归镇二十八公里。

这个林场比较大，有家属区、办公楼，盖得都相当整齐。我们经过这里引起了很多人的好奇，孩子们追跑着看驯鹿。阿索在这里有很多认识的人，他和小孙到供销社买吃的去了。剩下我们把所有的驯鹿领过居民区，到外边大桥下的树林里扎营。这是河边的小树林，地上的草有些发黄了，但是仍然开着一些小野花！几天的连续走路，衣服已经很脏，身体也发着汗臭，我用打水的机会简单地洗了衣服，擦了澡，浑身立刻感到舒服了很多！这时，老头在林子里已经点了两堆篝火——一堆是驯鹿的蚊烟，另一堆上支好浇水的架子。不一会儿，阿索和小孙两人抱着东西回来，四瓶罐头、两瓶酒，阿索把酒倒了满满两大杯，我们七个人，不分男女，很快就喝完了！阿索还要去拿两瓶酒，但此刻他已有些醉意，我已趴在地上睡着了，醒来的时候看到小孙也在睡觉。这时天空已经变阴。不一会儿，阿索随一辆卡车从林场那边过来，把一瓶酒留下，小孙同他上车回去了。现在，剩下我们五个人继续顺山路回猎民区。阿索留下的这瓶酒大家又喝了一半，妇女们开始往鹿背上捆东西。出发前，另一半酒也被大家喝光了，因此上路时老头已是摇摇晃晃地走路了。

从这里出去，又钻进山里，而且越走越难走。开始，老头还在前头砍树开道，不一会儿，他就躺在草里，闭着眼睛不知说着些什么。这时我们既不能走，又不能休息，站在那里等他一会儿。老太太接过他的砍刀在前面领路。老头跟了一会儿又倒了，他说："刊达雷！"（太累了！）我真不能想象这样走，得在什么时候到达今天的目的地！最后，小罗把我的驯鹿接过去，让我在后面跟随着他父亲慢慢走，我从命，在一旁采都柿等待老头起来再走。老头似睡非睡地躺在草里，也不管脸上那么多的蚊子，我就站着用树条给他赶蚊子。十多分钟后，他又起来了，走在我前面辨别他们走过的方向。到了山顶，我们终于赶上了前面妇女的鹿队。

不一会儿，乌云滚滚而来，天空下起了小雨。我们在大山里停下来，这里有松树、桦树，地上长满了都柿。山里被浇过的树林显得格外清新。这时老头的酒劲完全过去了，他在搭撮罗子时，把树交叉在一起和我开玩笑。我砍来"站杆"把火加旺驱赶潮气。夜里雨点打在林子里"唰啦"响、打在塑料上"噼里啪啦"响的声音越来越大，鄂温克族人都在熟睡，我倒觉得，这样条件下不被雨浇着反而很幸福。可惜好景不长，随着雨越下越大，水珠开始落在脸上，接着又打到被子上，地中央的炭火也被浇灭了。雨，不停地下，其他人还在熟睡，我不得不起来整理塑料，心里想：在这样漆黑的雨夜里，要不是有猎民，也一定很害怕呢。雨顺着胳膊淌下来，凉湿湿的。我赶快换了个地方，蒙上头就睡着了！

► 8月2日

下了一夜的大雨，周围的湿度也增加了，让人感到既潮湿又阴凉。现在雨停了，四周雾气蒙蒙，天空呈铅灰似的色彩。我尽量把浇湿的被子靠近火堆烤。老头吃过东西打上裹腿背枪先走了，老太太慢慢地整理东西，弄驯鹿的皮绳子。这时忽然又下起雨来，听到这雨声使人感到疲倦。我把火加大，干脆躺在两个行李包上烤火睡起来。半个小时以后雨停了，林子上挂满了水珠，我们就像走在绿色水晶的森林里，但不一会儿衣服就被打湿了，我们也成了狼狈的形象。我们沿着老头在前面用砍刀留在树上的路标走，翻过一座大山，下面是一个林业小工队采伐点。伐倒的树木横七竖八，山坡上出现了被油锯锯过的树根及拖拉机压碾过的痕迹——在这里，明显地感到自然界的安宁被人类侵扰了。

我们从这里下去又走出五六里地，在公路顶端路基下安营。这时天还阴着，时刻有下雨的可能，因此老头又砍些木杆支起撮罗子。我们的行李怕浇着，就一堆一堆地拿到撮罗子里。

现在大家都很少说话，老头闷闷地坐在地上拿猎刀做桦皮小烟盒；我的照相机、笔记本都捆在包里了，现在无所事事感到很无聊；老太太在铁盘里烤干巴饼，用蘑菇做稀饭。途中，罗立克在树林里抓到一只小飞龙鸟带到这儿，现在让我把它弄死，并叫我拿远处去，她把头扭开，不愿看小鸟被打死的情景……中午，小飞龙鸟成了我们稀饭里的一点点肉食。可能是老头感到伙食太单调了，又把豆油倒到铁盘里烤熟，用饼蘸油吃，叫我也“故司（吃）”，最后还是说：“大麻累（没意思）！”我估计他是想喝酒了，因为他们已经习惯了这样的认识：有汉人住的地方就有酒，所以在这里安营，希望我去买酒。现在，他们眼睛不断地朝我看，用鄂温克话说："阿拉刻—（酒）！"脸上也反映了对酒的要求。但是由于语言、观念的不一样，我无法说清楚，我剩下的钱仅够回去旅费的最低标准了，我只装不懂。所以渐渐地在他憨厚淳朴的脸上多少也有些愚昧的不快，最后他们说："木牛什克（傻子）！"这时我内心有歉意，有不安，也有几分愤怒！酸楚的心情也包括对我自己。渐渐地尴尬不快的气氛终于平淡下来，这时我才深深地喘过一口气！

吃过饭，我躺在鹿垫子上用火烤着腿睡着了，后来老头也丢开了手里摆弄的桦皮烟盒躺在地上，用衣服蒙头睡着了！本来是打算在这里短暂休息，可一觉睡到午后，自然不能走了，最后我又吹起了空气褥子。躺着看天上乌云滚动，急速地向大山后面飘过去。远处的高山底下，小工队住的那边树林里冒出淡蓝的烟，我知道，那是炊烟，那是离我们最近的人间烟火。

▶ 8月3日

又是一个灰蒙蒙的早晨，篝火噼里啪啦地蹿动着，火光给老太太们多皱纹的劳动脸上增加了光辉，天空已有了霞光，这时是凌晨三点多。

大约是五点出发了。一开始路就不好走，倒木、烂泥塘、挂水珠的草，浓密的树枝上常有讨厌的蜘蛛网挂到脸上。

但也有桦树蘑，唐克常拿塑料袋过去把它摘下来。今天我特别发现驯鹿头上腐烂生蛆的茸角发出令人作呕的臭味，加上它不时向前抢道，蹄子踩到我的后脚跟，鼻子里的热气有时喷到我的脸上。烦恼时，我用皮条抽它几下。单调的跋涉，脑子里总在胡思乱想，竟忘了看路，使脑袋重重地撞在横树上，一时头昏眼花，又只顾摸头上出血了没有，却又没注意眼镜已经撞飞。结果找回眼镜又落了队，好不容易追上前面，回头一看，牵的两只驯鹿只剩了一个光杆的，鞍子和上面的东西，以及另一只驯鹿全不见了！害得我转身就往回跑，真不错，没超过一百米，失而复得了！这时罗立克也跑过来帮我重新弄好。

中午阳光充足，我们在一片茂密的都柿地里休息，在这里，无论是坐着还是躺着，顺手都能摘到都柿吃。

终于，在晚上六点左右到了出发的那个点上。但现在只有仙仁柱架子、放蚊烟的“索南”，地上乱扔了一些布片、骨头、铁丝、酒瓶子，一只不知什么原因死了的驯鹿，围着很多苍蝇躺在那里。这样，我们还得顺着路标继续向前走。这时我已经又累又渴又饿，一步也不想走了，但是没办法，只有在心里默默地鼓励自己“马上就结束了”！又走了一个多小时，翻过一座山，在下面的公路上看到了大群驯鹿，这是信号，离点不远了！从公路下去蹚过一条浅河，就看到树林里飘出了蓝烟，并从树林里跑出一群孩子来迎接我们。接着又看到被密林包围的撮罗子和帐篷——我们终于到了！前后一共走了九十多华里！因为老头先到达，所以我们的猎物一无所获，点上的人也知道了。因此，我们回来时没有惊讶，也无探询，他们只站在帐篷和撮罗子门前笑呵呵地看着我们，此刻倒也有“凯旋”的气氛！

我们一共回来五个人，唐克把自己的驯鹿牵到帐篷门口，我随凯赛、罗立克到老头的撮罗子。老头的三女儿连忙接过我牵的驯鹿，她说这回你可变黑了！她熟练地从驯鹿上卸下东西，放开了驯鹿，这时我才感觉解放了，胜利了！现在我的裤子、鞋全是湿的，但是在山上一般都不管这个，我的第一个要求就是洗脸，因为出汗过多感到黏糊糊的。

我和老头一家在撮罗子里吃饭，这和外面的撮罗子一样，只是撮罗子用帆布蒙着，里面暗。周围一圈的地上有皮口袋、桦皮盒子、皮子较多的生活用品，玛鲁席仙仁（木杆）上还挂着两个“博鲁砍”（东正教马利亚像），席前早就放好了一张小地桌，上面有削成条的列巴、奶茶、“五昆迷”（鹿奶）、一大碗菜（菜，可是二十来天没吃了！）。我和老头坐在里面，这是男人坐的位置，客人也是坐在这里，其他人（老头的老伴、妹妹、儿子、女儿）坐在一进门火堆两侧，我渴得要命，几大口就把奶茶喝光了，接着就吃列巴、鹿奶，老太太倒过来一碗色酒，我知道这是她的敬意，高兴地接受了。老头在我对面，他用双手十分恭敬地递给我白酒，这样子显然不同于在外，不一会儿我就感到迷糊了！撮罗子里更暗，篝火放着红光，我借着外面微弱的光线看到人们坐着的轮廓，发现鄂温克族人侧面的脸形，鼻子连着额头，很有古希腊雕塑的那种美！

饭后天色已晚了，我在外面“索南”（火堆）烤裤子，一帮小朋友们围着我，亲切地叫我“顾大爷”，让我给讲故事，这气氛令我感到分外温馨。帐篷里，我的行李已经给打开了，气褥子吹起了一半，衣服挂在上边，炉子烧得暖乎乎的，躺下以后有些睡不着了！

▶ 8月4日

七点多才起来，小罗从老头撮罗子里过来叫我吃饭。今天有一碗紫色的都柿果、一碗雪白的鹿奶列巴条、奶茶，这种饮食很可口。老头一吃饭就找酒，他对老伴说“包格道”（汉人，指我），可能意思是说，我在这儿应该喝一点酒，但是立刻遭到了老伴的大声训斥！这时老头可怜得倒像个孩子，但是他愣了一会儿，立刻转身自己找，果然在杂物堆中摸出一瓶色酒，用颤颤的手打开了瓶盖，倒了一碗先喝下，接着又倒一碗给我，这时老太太进来了，一边做活一边说他，也一边和他喝酒，我看她是对老头生气了。

现在我只是等车，先把自己的东西整理好，以备来车就走。又到其他撮罗子看看，算是告别。马上就要走了，现在反倒不急了，我躺在帐篷里昏昏欲睡地闭目休息。不一会儿忽然听到“车来了！”，我立刻振奋起来，一出帐篷就看到阿索扛着东西，踏着健步而来，这时他已经换了一身干净的衣服，还在远处向我打招呼。随来的还有他的妻子、孩子、呼盟卫校采药的三位蒙古族老师和当武警回来探亲的老头的儿子。我理解这是点上很高兴的一天，因为是老头一家欢聚的时刻。平时山上来客人也准备吃的，何况今天老头的儿子回来了。几个妇女们忙作一团，不久地上就摆好了炒菜，还有酒。阿索和他妻子招呼我，同时点上的所有人也都过来了，座位的顺序不是按家族，而是我们男人一圈为正席，其中包括老头和他的儿子，妇女们没在正席，只是蹲或坐在一旁轮流喝酒，没有菜。老太太一边喝酒一边烤列巴。我发现老头的儿子虽然是回来探亲的，但并不是像汉人那样的亲切形式，他很少讲话，和大家一样，客气地坐在我们中间轮流传酒喝，而且很拘谨。几位采药的蒙古族老师初到这个环境好像很激动，主动唱了民歌，又请老头、老太太唱了民歌，一时山上很热闹。但是后来形势急转直下，老头、老太太都有了醉意。老太太一边烤列巴，一边生气地大声训斥谁（我听不懂，可能是说老头！），小罗也参与进来，结果喊声代替了歌声！开始几个蒙古族老师有点莫名其妙，后来可能是明白了，这是山上人们喝醉酒的形式，这时，我们也不知如何是好。阿索的妻子明白，说喝多了，叫大家下山坐车走。我抓紧整好东西，小朋友们帮我背包，没有告别，没有客套，我和大家一道坐进了下山的面包车。在车上和阿索约好了9月份到京搞展览时再见，就这样，我们在满归匆忙地告了别。这时，已是午后六点了。现在，我离开了这些淳朴的人们，在偌大的汉人群里开始了自己的另一种生活。这时我发现钱太紧张了，得紧缩开支。首先要免去今天的晚饭！我感到孤独，脑子里乱哄哄的，什么也不敢做，虽然睡到旅店的床上，但是仍然很冷，我盖上被子，又压上毯子，开始在房间里睡觉了。

▶ 8月6日

昨儿一夜，外面滴滴答答地下雨，睡梦里仍然像睡在一个原始森林的“水帘洞”里。高大的洞堂里阴森密布着黑乎乎的地下森林。“水帘洞”外一掠幽暗的蓝光，这座森林，比我经过的还浩瀚：原始、苍茫、深沉……

图书在版编目（CIP）数据

猎民生活日记 / 顾德清著. -- 北京 : 北京联合出版公司, 2022.7
ISBN 978-7-5596-5781-7

Ⅰ. ①猎… Ⅱ. ①顾… Ⅲ. ①纪实文学－中国－当代 Ⅳ. ①I25

中国版本图书馆 CIP 数据核字 (2021) 第 249201 号

猎民生活日记

作　　者: 顾德清
出 品 人: 赵红仕
策　　划: 乐府文化
责任编辑: 夏应鹏
责任印制: 耿云龙
特约编辑: 刘美慧
营销编辑: 云　子　帅　子
装帧设计: 赖　超

北京联合出版公司出版
（北京市西城区德外大街 83 号楼 9 层　100088）
北京联合天畅文化传播公司发行
北京美图印务有限公司印刷　新华书店经销
130 千字　880 毫米 ×1230 毫米　1/32　10.5 印张
2022 年 7 月第 1 版　　2022 年 7 月第 1 次印刷
ISBN 978-7-5596-5781-7
定价: 58.00 元